自轉星球

在自己的小宇宙裡
用眼睛
看見世界真實的樣子

獻
給
RYU

目次

全世界的李佳穎，起來！ 8
鬥陣 20
書、房子、震動 50
上台 62
好死 98
吞一顆硬糖 110

剛剛好 …… 114
The Case …… 148
母鹿 …… 178
一段一百六十公里 …… 194
哈夫以爾 …… 226
後記 …… 250
新版之後 …… 255

小說中「他」與「她」的使用是有意識的選擇。在表口語處（如對話引號內）一律用「他」，因為台灣華語「他」、「她」兩字同音，對話中的小說角色與小說讀者應無法從聲音分辨兩字。非表口語狀況時則會區別兩字。

同理，若角色以英語對話，對話引號內會區分「他」、「她」。

——— 李佳穎

小碎肉末

全世界的李佳穎，起來！

從山的另一頭吹來一陣帶有濃郁茉莉味道的香氣——有個模糊聲音——李佳穎在宿舍床上靜靜睜開眼睛。她下床摸黑踏來兩隻拖鞋，鑽出側門，沿著宿舍旁的道路往山下走。李佳穎走得很慢，她穿一件小背心，夜晚的空氣覆蓋她的皮膚，月亮與路樹再給她披上一層黑膜淡影。

這一晚，同樣在外頭遊蕩的還有住家裡的李佳穎。她剛在小酒館門口與朋友道別，準備趕最後一班捷運回家。李佳穎快步走著，腦袋全進了碎紙機。之前陰暗卡座裡的三小時像剪接失敗的電影，她只記得一個跨過友情的，柔軟的吻。

住在家裡的，當然也有不曾上酒館的李佳穎。她的家是外公家，李佳穎母親生了她之後就離家出走，她跟外公住，一輩子沒見過母親。李佳穎的外公已經八十六歲，兩禮拜前中風之後只能躺在床上，李佳穎在外公的床邊架了一張折疊床，她就睡在那兒。外公八十六歲的李佳穎明年滿三十八歲，她沒去過酒館，也不曾接過吻。

躺在折疊床上因擔心而輾轉反側的三十八歲李佳穎無法想像八歲的李佳穎今晚的興奮心情。李佳穎躺在綿軟床上唱著歌，明天校外教學，她要去參觀麵包工廠（那正是三十八歲李佳穎工作的地方）。吃完晚餐媽媽帶著李佳穎去超級市場買了一百五十元的零食，睡前李佳穎將那些零食放進背包，客廳裡媽媽正在聯絡簿上寫下跟老師面會的時間。媽媽有點擔心，上禮拜有一天李佳穎哭著回家，告訴媽媽同學起鬨說她跟隔壁班一個男生是夫妻。「男生叫什麼名字？」媽媽問。「李佳穎。」李佳穎說。

八歲的男生李佳穎還不知道他在一群八歲的隔壁班同學口中成了八歲女生李佳穎的丈夫。但他與其他的李佳穎們一樣尚未入眠。李佳穎故意把被單踢至腳邊，掀起上衣露出肚臍，看著窗口的月亮祈禱自己可以醒來就感冒。他不想去校外教學，媽媽一早出去找朋友到現在還沒回家，他聯絡簿沒簽，也沒有準備明天要帶的背包。

然而這個露出肚臍的方法效果有限，如果你問現在在氣象觀測所值班的測量員李佳穎，她會告訴你上禮拜形成的亞熱帶高氣壓影響氣流下沉，海上吹來潮風，濕度大引起溫差減小，今晚城市裡的溫度甚至可達到二十七度，又是一個悶熱的夏夜。值班的氣象測量員李佳穎一邊吃著宵夜一邊聽廣播，收音機裡主持人說，現在這首歌要送給遠在美國唸書的佳穎。

正在明尼蘇達大學管理學院大樓門口的樹下吃午餐的李佳穎沒有機會聽見女友點給他的歌曲，來到美國之後，能像電台主持人那樣字正腔圓地發出「佳穎」兩字的人少之又少，他多半使用小時候美語補習班老師給他的英文名字「Charlie」（老師說這是跟他中文名字讀音最接近的英文名字）。他的午餐是自己做的炒飯，李佳穎已經連續吃一禮拜炒飯，他在心裡盤算，銀行裡的三十美元還得撐兩禮拜，這學期的獎助學金不太夠，也許去問問有沒有零工可打。

明尼蘇達大學門口三個街區外的韓國小吃店老闆是新加坡移民，他胡扯一個理由便回絕這個找工打的台灣男生。男生的名字讓小吃店老闆想起國中時班上排擠他的女孩，那女孩讓他的青春期晦澀黯淡。記憶中小女生戴眼鏡趾高氣揚，到現在他一想起還巴不得啃她的骨頭。此時一萬四千五百公里外的新加坡工商小學老師李佳穎打了一個噴嚏，她的衣服正脫到一半。「感冒了？」她的丈夫問。李佳穎搖搖頭。

重感冒的李佳穎在床上掙扎，幾分鐘後她終於下了決定，一邊揉著擤鼻涕擦傷的鼻子，一邊撥電話給經紀人。明天台北有一場新專輯發表會，但她現在這個樣子根本沒辦法出席，更別說唱歌。她等著電話接通，心裡很苦惱，公司好不容易找到贊助，場地談好，新聞也發了。

該怎麼說好呢？

李佳穎們的一生中總有一兩個故事重疊，比方說，有八十五個李佳穎都曾在不同的學生時期得到「咖哩」這個綽號，有三十五個因此認同咖哩喜歡咖哩，有二十一個因此厭惡咖哩（這事甚至可能永恆改變了某些李佳穎的人生。例如其中一個李佳穎在前往咖哩專賣店的途中出車禍死了；另一個在聯誼時則因痛恨咖哩這話題與未來的妻子攀談起來。）另外十九個

「咖哩」這綽號只跟了他們幾天，也無所謂喜不喜歡。另一件更常發生的事：他們總是在各式各樣的場合裡聽見這句話：「真巧，我認識有人跟你同名同姓喔。」於是每一個李佳穎都對其他幾個李佳穎的存在有點概念。偶爾朋友熱心地居中牽線想介紹他們認識時，情況變得尷尬：

「這是李佳穎，」友人轉向另一邊：「他也叫李佳穎。」

「你好，」李佳穎說。

「你好。」李佳穎說。

然後是長長的沉默。彷彿大風吹遊戲裡搶坐了同一張椅子的兩人，所有人都看著他們心想：「哎哎，真有趣」。

真的很有趣嗎？或許應該這麼問：真的很巧嗎？此時上海國際和平婦幼保健院的產房裡，一個女嬰正呱呱墜地，護士拍打她黏答答的小臉，在這個美妙的夜晚她第一次睜開眼睛。兩天後她的父親將接到住台南的雙親來電，他們問了算命仙，「佳穎」這名字搭配李姓，筆劃屬上吉的昌榮數，才高八斗，名利雙收，漸進向上，大業成就。同樣的故事也發生在其他數百個李佳穎出生前後。這三字背負了家族長老對他們的認同祝福與期待（當然還有算命先生的生計）。香煙瀰漫的斗室裡，所有年長者一齊豎著耳朵聆聽仙者的聲音，彷彿手裡正握著那皺巴巴的小指頭——剛出生的小人兒啊，烏黑圓眼澄澈如鏡——逐漸痴傻的老人知道橫在肥嫩小腳前頭的難處。「人生苦長，平安健康就好。」他們站起來向算命先生鞠躬道謝，雙手接過寫字的薄紙——一個一輩子保固的禮物——這樣的心情老人們不認為是巧合。

現在，因為酒的緣故，剛才經友人介紹認識的兩個李佳穎很快熟稔起來。友人有點驚訝，就他所知，兩個李佳穎政治觀對立，起初他還怕他們聊不開。

——你會不會覺得常有人跟你同名同姓很討厭嗎？好像你這人就不特別了。

——不會啊，我覺得滿好的。

——為什麼？

——世界上有個你完全不認識的人，各方面都與你不同，但你們兩個卻可被同樣一串聲音召喚，你不覺得很奇妙嗎？

——哪裡奇妙了呢？我們身為一個人，因為太多基底的共同點而必須與別人共享召喚，大喊「男人們！」全世界就有將近一半的人被召喚了。「亞洲人！」「悲觀者！」「花生過敏者！」數以萬計的人，許許多多的召喚。好不容易，有個召喚幾乎是純美學的，差一點點就是我們可以選擇的，卻又得跟別人共享，這不是很嘔嗎？

——一個聲音，一個符號，當使用的人愈多，他們就愈不能掌握它的意義。使用者隨時隨地都可能賦予它新的用法，更新它的內容。「李佳穎」與每一個使用它的人交往，產生各種不同的搭配，又髒又野，擁有這樣的名字我覺得很自由呀。

——但那正是我的意思啊！

喋喋不休的李佳穎。蠢蠢欲動的李佳穎。有些李佳穎成了信者，有些則否。有些李佳穎愛上異性，有些則否。有些李佳穎支持有條件衝撞法律，有些則否。有些李佳穎喜歡別人喚他Amy、Kevin、櫻桃、鱸魚，而漸漸遺失了本名；有些李佳穎則遺失了臉孔：巴西里約熱內盧一所小學裡，被植入間諜軟體的電腦此刻悄然無息地發送著千萬封色情垃圾信件，寄件者正是「李佳穎」。

於是李佳穎總是醒著。出生同時死亡，無法唱歌地唱著歌，不上酒館也上過酒館，已經感冒又尚未感冒，做不成氣象學家的，正悄悄地想像那成了氣象學家的……

今夜月亮又大又圓，像一顆上升的熱氣球。黑膜淡影下，群蛙發出低頻與一隻未栓緊的水龍頭共鳴。呱，答，呱，答。人間盈虧總禁得住同名之人的擺盪。

鬥陣

地下室很臭，林家豪跑上樓去隔壁的便利商店想買一包菸。林家豪沒抽過菸，所以在進去前他還想了一下該怎麼說。他剛滿十八歲兩個月，所以不必擔心證件的事情。不過當玻璃門打開，店員齊聲高呼「歡迎光臨」，林家豪腦袋裡所有的推演瞬間被殺光。他對店員說「七星一包」，「七」還結巴兩次。進門前練習了半天的「Marlboro Lights」英文發音一點用也沒有。林家豪丟下錢一副煮菜煮一半醬油用完家裡鍋子還在滾的樣子跑出便利商店，然後又回到地下室。

今天過到目前為止林家豪幹了很多第一次：第一次對自己媽媽大吼，第一次在晚上十點半衝出家門，第一次自己來地下室，第一次買菸。現在他要抽第一根菸了，才發現自己第一次忘了買打火機。

菸已經在他手上，他嗅了嗅，覺得還滿香的。據說林家豪的阿爸從十三歲開始抽菸，客廳裡他阿爸固定坐的那個位置上方天花板有一圈黃垢，猛一看很像隻鬼盤在那兒。每天晚上他阿爸坐在那位置上抽菸，嘴鼻縫裡抽出的雲朵像傑克豌豆藤直抵頂上那隻淡褐的影子，彷彿有道燈從他腳下打起。

這件事林家豪最近才發現，因為他很少在客廳裡活動，那裡太臭了。有一晚林家豪突然走出房間，遠遠在廊底看見客廳裡這幅景象，「爸，你看上面黃黃一圈，你抽的耶。」他走去對阿爸說。

「哈哈。」阿爸對他擠了一下眼睛。

客廳裡只有他阿爸一人在那兒抽菸，一邊抽一邊雜唸大家都不知道死哪裡去。林家豪懷疑他是真不知道還假不知道，至少他就聽過妹妹抱怨一模一樣的事情。阿爸選了菸生了隻影陪他，還裝無辜。

林家豪坐在吧檯，心想如果酒保看向他，他就要跟酒保借打火機。隔壁有人伸手過來，林家豪覺得有點不妙，但他還是把菸放進嘴裡，那人「啪」一聲點了火。「我點的時候你要吸氣啦。」那人說。

林家豪覺得這人小看他，不過啣著菸在嘴裡，他遺失了那個回話的秒鐘。林家豪看著火光吸了一口，滿順的，也沒有嗆到或什麼，也許抽菸會遺傳。

那人是一個看來跟他差不多大的男生。

「那個紙其實一拉就掉了，你弄半天是在開牛奶盒喔。」

然後他說叫他「ㄈㄟˋ」。

哪個「ㄈㄟˋ」？

廢物的廢。

這個廢遞火過來之前林家豪想：吵架可以躲房間裡，衝出家門可以去找朋友，我到底一個人晃來地下室幹嘛？現在他漸漸了解，他大概就是想像此刻這樣，第一次抽菸，與第一次認識的人交換假的名字。

地下室有個小小的舞台，上頭現在有幾個人正隨著節奏搖擺。一個男的一直從後面磨蹭一個女的，那女的想轉身面對他，但那男的一再移動，似乎相當固執要貼著那女的屁股，兩個人轉來繞去很像某種功夫片的套招。

「超鳥的。」廢說。

「對啊。」

林家豪又吸了一口菸，他和廢一起注視著那對比劃的男女。

後來他們開始聊天，交換年齡、就讀學校、科系、嗜好、喜歡的音樂等等。林家豪本來以為在地下室裡認識人的過程會比較不同，但沒有。這跟在網路上認識一個代號簡直沒兩樣。差別是，如果這是在網路上林家豪還可以隨時切斷交談，然後溜得無影無蹤。

兩男孩差不多年紀。「你常來這嗎？」林家豪問。

「嗯，還好吧。有一陣子警察臨檢很凶，他們查證件就查得很嚴。不過現在滿十八就沒差了。」

林家豪點點頭。

「你呢？」

「我不常來。要嘛通常都跟朋友來。」林家豪說。

「你朋友呢？」

「今天只有我一個人。」

廢看起來有點緊張，對於這人林家豪唯一確定的事情是他絕不是第一次抽菸。廢吸起菸來瞇眼皺眉，一副很苦又很樂的樣子。他穿著寬格子襯衫和破爛牛仔褲，戴一條皮製手環。

「一個人就偷抽菸喔。」廢說。

「我是光明正大的抽好嗎。」

廢對林家豪瞇起眼睛，吸了一口菸。

「我剛才想通一件事，要不要聽？」

「什麼？」

「其實我不存在。」他說。

啊？

「對，其實我是你的第二個人格。你是第一個人格叫……你剛說你叫什麼？」

「林家豪。」

「對，叫林家豪。」他對林家豪點頭。「這名字還真他媽真實。」

開玩笑的吧。

「就像那個──你有沒有看過那個電影《鬥陣俱樂部》？布萊德．彼特跟另外一個那個誰……」

嗯。

「對，就像他們那樣。我是你的第二個人格，我是所有你想做而不敢做的事，比如說抽菸。」

「我不想抽菸啊。」

「那你買菸幹嘛？」

「這邊太臭了。二手菸那麼毒，我不如自己毒自己。」林家豪說。

廢愣了一下。「那你還有什麼事情不敢做的？你上過了沒？」

嗯哼。

「你想想看，會不會其實你每天晚上睡不著覺就跑來這裡抽菸，看見不錯的馬子就上，還會去偷東西，然後隔天起來什麼都不記得？」

「你會偷東西喔？」

「會啊。」

「偷什麼？」

「都有啊，便利商店啦百貨公司啦書店啦。我也偷過摩托車。」廢說：

「不，應該是說你——你也偷過摩托車。」

哈。東西呢？

「我都處理掉了啊，還輪到讓你抓包？」廢說。

林家豪看著眼前這人。廢長得一般來說算不錯，唸的是林家豪考不上的大學，喜歡抽菸喝酒唬爛把妹泡夜店。按照電影《鬥陣俱樂部》的邏輯，他們分飾互補的兩角還滿合的。

不過林家豪不相信廢說的話，他露出不予置評的表情，又吸了一口菸。

廢把菸拈熄，舉起手跟酒保比了個二，酒保遞來兩瓶啤酒，他們倆一人一瓶。「那女的其實不好上。」廢指著舞台上那對男女說：「那男的還很拚咧。」

你怎麼知道？

「林家豪，你軋過他啊。你認識他兩個月了，上禮拜六晚上他終於帶你回他家，在士林那邊。」然後廢伸出左手比了個「三」。「最後一次還沒戴套。」廢嘻嘻笑。

林家豪看著那女的。「我不喜歡那麼瘦的。」

「我喜歡就好了。」廢說。

廢一口喝乾啤酒，將打火機疊上菸盒，掏出皮夾留了張五百元在桌上。

「喂林家豪，難得你出現，這邊我待膩了，走吧，這附近我很熟，我們去外面看有什麼好玩的。」

我還沒喝完，林家豪回答。林家豪不太想離開，雖然地下室很臭，可是他想，誰知道這個廢說不定根本不覺得自己在唬爛，說不定根本是個腦袋有問題的傢伙。

「帶著喝啊，走啦。」廢說。

林家豪不知道該怎麼辦，直到他看見酒保過來用指尖捏起那張五百元鈔。

林家豪站起來走出地下室。

晚上十一點半的天母街道上偶爾有車經過，他們所在之處接近住宅區，離鬧區有點距離。林家豪從地下室上來後深深吸了一口氣，才見到晃晃路燈下樹影斑駁。他對天母不熟，會跑來這裡完全只是因為他以前跟朋友來過地下室，今天晚上跟媽大吵之後他就自己騎車找來了。

廢坐在紅磚道上轉頭對林家豪招手。

「然後現在怎樣？」

「要不要跟我去偷東西？」

「不要。」

「為什麼不要？」

「為什麼要？」

「偷東西很好玩喔。我以前也不知道，有一次我跟朋友在大賣場看到一個女孩子超強的，什麼都偷，化妝品啦，CD啦，內衣啦，還偷蔬果區的芭樂，偷了一整個包包都沒有人發現，我們跟著那女的到快要出賣場的時候才叫住他把他拉到旁邊，假裝我們是賣場裡的便衣警衛，叫他開包包給我們看，那女生嚇得當場哭出來。我朋友看他長得很可愛想把他，就開玩笑說那你當我女朋友我們就不叫警察。後來那女生還真的變成我朋友馬子，有一天他喝醉酒跟我說他覺得偷東西比跟我朋友做愛還爽，幹！我那朋友老二有這麼長耶——」廢用手掌在空氣中截了一段：「每次去洗溫泉他都跟我們臭說哪個女的又被他軋得死去活來，結果他馬子居然跟我說偷東西更爽，你聽了不會很想試試看嗎？」

「我不想被抓。」

其實林家豪有點心動，他想，當警察打電話回家通知媽媽的時候，媽媽應該會後悔今晚叫他「滾出去」。

「走啦。」

「不要。」

「來啦，不然我們先去探路，偷不偷隨便你。」廢說：「我總不能拿槍逼你吧。」

誰知道。

廢拉了林家豪一把，林家豪感到廢手掌的重量。

他們一起走在半夜的天母。轉了彎，進入暗去的中山北路。路兩旁的店家鐵門都已拉下，鐵門上用黃漆噴了「請勿停車」，一些漆塗上鐵門上膠囊形狀的眼洞，鐵片掀起吐出幾張廣告紙像張著彩色的眼皮望他。有些店則捨棄鐵門鑲了厚重的櫥窗，家具店裡擺設的桌椅鏡面反射出黯淡的亮，靜止如一方被查封的玻璃屋子，任外頭的人窺探竊竊。麵包店裡沒有麵包，剩下一些乾貨如果醬奶粉之類的東西還在架上。林家豪小心翼翼地跨過機車行外頭騎廊下的幾灘在月光下閃爍的黑油。

廢向前走去，在暗黑中毫無遲疑有如盲者。林家豪惦著自己停在地下室外面的摩托車，心不在焉地跟在他後頭。某一刻林家豪回神，直邃邃的騎廊只剩他一人。他停下來。

林家豪突然有了一種複雜的心情，如果那真是他的第二個人格？如果那隻手的重量是一種幻覺？他覺得此刻的自己與之前都不一樣了。

廢從角落冒出頭來。「喂，這邊。」

林家豪隨他轉進一條巷子裡。

他們停在巷子深處的一道大門外。門周圍有堅固的厚牆，林家豪往後退了幾步還是無法看進牆內，廢站在大門最左邊對他招手，林家豪走過去，跟著廢從鐵門與灰牆的縫隙中張望，看見裡頭種滿花草樹叢，中間有一座游泳池，泳池周圍有幾支照明燈閃著螢光，池後是一幢建築——洋味十足的雙層別墅。

廢對林家豪說：「怎麼樣？」

什麼怎麼樣？

有錢人啊。我觀察他們很久了，週末都沒有人在家，只有一個傭人住在二樓最後面那間。你看，有個小燈亮亮那邊。

廢示意林家豪趨眼，林家豪看見房子最右方有一格小窗透出燭火般亮度，他的眼神拉回中庭，游泳池旁有兩條長椅，靠近門口的階梯上有幾株乾枯的盆栽，遠一點的樹叢有一個掉了一邊的輪胎鞦韆。

林家豪直起身來，往巷子口走去。

喂，林家豪！廢啞聲喊他。林家豪轉頭用食指跟他比了「噓」的手勢，隨即送了他一隻中指。

廢追了過去。「要不要試？」

不要。

我知道怎麼進去，一定不會被發現。

不要。

真的啦。

那你去啊，我在地下室等你。

廢笑起來說：「喂，就是要你去啊，這是你想做卻不敢做的事耶。」

如果像你說的，你是我第二個人格，那你偷跟我偷還不都一樣？

「喔，喔——林家豪你開天眼了，」廢朝林家豪走去。「不一樣。我存在的目的就是要慫恿你引誘你做那些『林家豪』本來不會做的事，今天晚上以前我做的夠多了，現在換你了。」廢轉身望著那大門：「而且這間我偷過了，叫我再偷一次也沒什麼意思。哈。」

「你被抓過？」林家豪直覺問。

「沒啊，這間很好偷，所以才帶你來練習。」

「多好偷？」

廢從他牛仔褲口袋中掏出一串鑰匙。

林家豪一下子沒轉過來。廢拆下鑰匙串裡其中一支，抓過他手，一把將那支鑰匙放在他手上。

「這你家？」林家豪說。

「對啊。」

林家豪瞪著面前這人。

「所以你不用擔心被抓，被發現頂多就是我帶個朋友回家而已。」唬爛。

「真的啊。你不相信這是我家？」廢轉回那道大門前，從旁邊廣告紙滿溢的信箱裡抽出幾個信封，他像抽撲克牌逐張瞄了瞄，拿著其中兩個信封向林家豪招手。林家豪遲疑一會兒，然後走過去。

林家豪接過那兩個信封，一張是信用卡廣告，另一封看起來像某種目錄，收件人都是「陳俊宏」。

我就是陳俊宏，嗯？他一邊說，一邊從牛仔褲口袋抽出皮夾，拿出一張印著「陳俊宏」的學生證。吶。

「我知道你在想什麼，這種菜市場名也不是我取的，不過你要不相信我也沒辦法。」他指指林家豪的手說：「拿那支鑰匙去開門你就會信了。」

林家豪有點想試，他不想偷東西，他只是想知道這個人是不是陳俊宏，這才是他關心的事情。但眼前這人站在那兒嘻嘻笑像一道過分簡單的謎題，讓他無法相信。

「我可以告訴你錢放在哪裡。你只要偷到了就算你的，我不缺錢。」

我也不缺，林家豪提高音量說。

林家豪握著那支鑰匙。最糟的狀況是：這人不是陳俊宏，鑰匙插進去一轉警鈴就如老舊汽車防盜器哭號，門前探照燈轟地大亮，鐵灰色上頭印有「中興保全」的車隊出現，眼前這傢伙轉身就跑，留下他一人面對一切。

如果這把鑰匙其實是他自己撿到的？如果這人真是他的第二人格？是

謀略狡詐，為鍛鍊第一人格而不擇手段的第二人格？

林家豪瞥見大門右上角有一台小監視攝影機。

如果這一切都被錄下？如果他正對著空氣說話？

突然林家豪將那支鑰匙放在信箱上。

「我要走了。」林家豪說。

「回家喔？」

「我今天不回家。」

「那你要睡哪？」

「不知道。」

「啊——你真是超龜的！來啦。」這個陳俊宏從信箱上抄起鑰匙，林家豪瞇起眼睛，陳俊宏手腕鏘啷一轉。

門開了。

陳俊宏大剌剌推門走進去，林家豪跟在他後面。他們繞過沒有水的游泳池，林家豪近看才發現那樹叢旁的鞦韆其實鏽得很厲害，他想問陳俊宏小時候是不是坐在那歪了一邊的輪胎裡面搖來搖去。

「你爸媽不在喔？」林家豪小聲地問。

「在啊，不過他們通常十點前就睡死了，就是最右邊那間。」陳俊宏說。

他們進了屋內。陳俊宏往右邊一個走道鑽，林家豪跟了上去，發現是飯廳。陳俊宏開冰箱拿了兩罐可樂，丟了一罐給他。

「走吧。」

他們上樓進了房間。林家豪發現陳俊宏的房間大概跟他家客廳差不多大，房間裡還有自己的浴室。陳俊宏將可樂放在床頭櫃上說：「我要去放尿。你隨便坐。」

林家豪坐在偌大的雙人床緣，握著手中的可樂。末了他也將可樂放在那床頭櫃上，與陳俊宏的可樂並排。床頭櫃上的時鐘指著凌晨兩點十分，林家豪一下子覺得累了，他很少那麼晚睡。他坐在床沿身體往後倒，突然聽到浴室裡傳來馬桶沖水的聲音，他又趕快坐起來。

陳俊宏出來直接成大字型倒在他自己的床上。

「你不喜歡回家啊？」陳俊宏問。

「也不是。」林家豪說：「我今天跟我媽吵架，我媽叫我『滾出去』，我就出來了。」

「翹家喔。」

林家豪尷尬地笑笑。

「十八歲才第一次翹家——」陳俊宏見林家豪沒有反駁，便繼續說了下去：「你媽現在應該急爆了。」

林家豪忘記去思考這個問題。今晚至此他只顧著想眼前這人在玩什麼把戲。現在一切真相大白，這個陳俊宏跟他一樣是個混吃等死的大學生，有個老子比林家豪老子富大概三千萬倍。林家豪沒有第二人格，也沒有人叫廢。

「我第一次翹家是國中，國三寒假我記得，」陳俊宏說：「我爸媽吵架鬧離婚，整天在家裡互撟，我根本唸不下書，所以有一天晚上我想了半天，決定隔天起床後收拾背包離家出走，出門前我還貼了一張紙條在我房間門口，上面寫『我受不了了。我走了，不要找我。』我坐公車去士林麥當勞點了麥當勞早餐坐在那裡一整個早上，你知道我背包裡帶什麼嗎？國文課本！我他媽翹家還擔心國文唸不完，中午我換了肯德基，在那裡吃兩塊炸雞餐，想唸書又唸不下去，擔心我媽發現我翹家會哭，擔心我爸發現我翹家會揍我，覺得別人看我的眼神都很奇怪。在速食店裡撐到晚上六點我還是回家了，我媽看見我說：『回來啦，快去吃飯。』我上樓發現我的紙條掉在地上，他媽的我寫『不要找我』還真的沒人找我！他們都以為我去上學，顯然沒有人知道那時候是恁阿公正在放寒假。」

林家豪覺得很好笑。他想這一點他還贏陳俊宏，至少媽現在一定很著急。

「我記得那一天我坐在肯德基裡頭想，我如果就這樣死啦，誰要負責？我那時候想的是我爸啦，我媽啦，學校老師啦，升學壓力啦，教育體制啦，想著想著覺得自己真是悲壯還差點哭出來。後來回家看到地上那張紙條我突然發現，我死掉可能只是因為膠帶不黏。」

陳俊宏說話的口吻讓林家豪放鬆了，他也往後躺了下來。

「為什麼你一開始你說你是第二個人格而不是我是第二個人格？」

「因為布萊德・彼特在電影裡面比較屌啊，哈。」

「是喔。啊幹。」

末了陳俊宏又說：「因為布萊德・彼特其實比較虛，比較像是那個另外那個誰——」

「愛德華・諾頓。」

「對，愛德華・諾頓的分身，但是其實根本不存在。我常常有那種感覺，我覺得我不存在。偷東西的時候好一點，其他比如說連在推妹的時候我都會突然覺得幹我是真的在上他嗎……很奇怪就對了。」

「你真的會偷東西喔？」

「懷疑啊。不過其實在偷的時候也很虛，我喜歡到了外面把偷的東西從口袋或背包裡拿出來放在手上看的時候，那種感覺真是真實無比。」

「用買的不一樣嗎？」

「不一樣。會那麼真實就是因為我沒有拿錢去買。這社會上任何東西都可以買啊，可是現在我沒有用錢交換，東西在就我這邊了，這個結果讓整個過程都真實起來。」

林家豪想，如果這就是偷東西「爽」的地方，那麼他沒用那把鑰匙打開陳俊宏他家大門是對的。林家豪覺得自己的感覺已經夠真實了，也許太真實了一點。

「你為什麼跟你媽吵架？」陳俊宏問。

「嗯……因為，」林家豪不知道該不該說，但他想陳俊宏一下子對他說了許多自己的事，況且某種程度上陳俊宏感覺起來是個老成有祕密的人。

「因為我媽發現我在看gay片。」林家豪說。

陳俊宏愣了一下，但那瞬間隨即被毫無表情的臉覆去。

「你是gay喔？」

「我不知道。我沒交過男朋友或什麼的，可是我很小就知道自己比較喜歡看男生，嗯，對啊——跟看女生比的話。」林家豪低聲說：「我媽今天在我房間裡翻到雜誌跟片子就爆了，他叫我丟掉，我不要，他罵我變態，然後叫我滾出去不要回家。」

陳俊宏不再說話。

林家豪覺得這景況很熟悉，也閉上嘴不說話了。

陳俊宏站起來說：「我拿睡袋給你。」

林家豪在地板上一整夜都睡得很不安穩，他知道床上的陳俊宏也是。天將亮林家豪就睜開眼睛，他不敢叫醒陳俊宏，只好躺在睡袋裡胡思亂想。他想起昨天媽媽叫他改，「只要你阿爸還沒發現，全部都算沒有發生。」她說。

林家豪很想回她：只要你不說，阿爸根本不會發現。

八點。陳俊宏翻個身後過一會兒便從棉被裡坐起來。林家豪趕忙說我要回家了，陳俊宏說我送你下去。語畢他們便一起下樓，沒有再交談。林家豪不怪陳俊宏，有許多事情他也還沒有確定。怪就怪在那一刻他錯估情勢，被自己過於真實的感覺矇蔽。

一樓窗明几淨的客廳就像一幅圖畫。林家豪抬起頭看著天花板，雪白粉漆均勻透明，沒有一絲皸裂，沒有菸漬。也許他們還不知道陳俊宏會抽菸。「咦，弟弟你在家啊，我還以為你昨天晚上住朋友家。」

林家豪與坐在餐廳裡用早餐的陳俊宏父母打了招呼。「來來，鬥陣來食。」陳俊宏的父親說：「弟弟你再去拿一個碗。」

「啊，不用麻煩了。我媽還在家裡等我。等一下十點我要載他去我姑姑那邊。」

林家豪謝過陳俊宏的父母便離開了。他因為太害怕那家人一起真誠地對他笑，所以沒有再看他們一眼。

書、房子、震動

柯一個人住。他是鎮上唯一一家花店的唯一員工，負責開門、關門、接電話、卸貨、倒垃圾、招呼客人、送花。他唯一不必做的是包裝。他試過幾次，但他包的花很快遭到顧客嫌棄。花店老闆是個包花包出心得才開起店來的四十歲女子，她決定自己負責這部分。

柯住在十分鐘車程外的支線道路旁，一排三層透天厝左邊數來第三棟。那是他叔叔的房子，二三樓堆滿了叔叔一家人共同生活二十年來的雜物。叔叔離婚後去了中國，嬸嬸搬回北部娘家再嫁，兩個孩子在柯不曾到過的城市裡進入社會。這一家人幾乎在同一時間，齊心協力各自出逃，將彼此關聯的所有證明留在二、三兩層共五十坪的空間裡。柯高中畢業服完兵役，做了三年的保險業務工作，被老闆以他無法改變的理由裁員，回到小鎮用當地租金半價向叔叔租下房子一樓，條件是他要確保二三樓不生苔。

柯住在透天厝裡已經一年。叔叔從未回來過，嬸嬸的長相他不是很記得，一天晚上有個女人在外頭喊「喂！喂！」柯拉開紗門。女人說「你是誰？」柯一時不知道該怎麼回答，他得先知道女人是誰，才知道自己是誰。「你是誰？」柯問那女人。女人愣住了，她說：我以前住這裡。那晚嬸嬸上三樓帶走一皮箱的東西，她收的時候，柯走到馬路上抽菸，圓月給一整排透天厝的外貼磁磚抹上一層亮銀，柯目不轉睛看著自己住了快一年的房子二樓亮燈的模樣，一陣風推來作物土壤的味道，以及某戶人家的熟米飯香。女人收拾東西不發一個聲音，她離開後柯上樓再開燈，完全不知道她帶走了什麼，他猜叔叔也不會知道，於是就沒再去想。

兩個堂哥各出現過一次。大堂哥載著老婆與剛滿週歲的兒子前往南方度假，特地經過小鎮。他們到花店找柯，一起在隔壁的泡沫紅茶店吃簡餐。

「如果你們要回家裡，大門鑰匙在……」柯未說完，大堂哥打斷他：「沒有沒有，我們吃完就走了，趕三點飯店入房。」離開前大堂哥低聲對堂嫂說：「真懷念。」柯抬頭發現大堂哥正輕撫簡餐店角落一台破落掉漆的投幣式彈子台。

另一天鎮上大雨，小堂哥來敲門，進屋匆匆上三樓翻找許久，離去前他告訴柯若發現一個上面印有「隨緣」兩字的墨綠色袋子，就給他撥個電話。「是重要的文件嗎？」柯問。「沒啦，只是一些可以放在網路上賣的舊東西。」小堂哥含糊地說。之後柯在二樓某個紙箱上看到那只壓扁的袋子，裡頭什麼也沒有。小堂哥只在電話裡失望地問：「真的嗎？」人沒有再回來。

柯有時會坐在一樓客廳想，叔叔、嬸嬸、大小堂哥四口坐在這裡度過無數夜晚，從同一個鍋子裡舀東西出來吃，對同一個電視畫面哈哈大笑，一同覺得是一個家。他們在這裡吵架而至分離。柯給自己揣想一個難堪的狀況，扯開喉嚨仰頭喊了一聲「幹恁娘[1]」，只覺聲音從角落的樓梯爬上二樓，消失了。他在二樓的房間找到一個裝色情三級片的紙箱，影帶上印有「金巴黎影視出租」字樣，大部分影帶明顯壞了，唯幾支能看的帶子也霧舊難辨。柯只在有時間需消磨時才把箱子拿下來。片子粗糙如恐怖片，矯作如笑鬧片，一開始柯不知如何反應，然而時間幾月幾月消磨，那些片子竟真正色情起來。

一排透天厝共有五戶，僅入住三戶，柯住中間，左右兩邊都是空屋。房子的隔音不賴，他鮮少聽見邊間兩戶人家的生活。有時他覺得自己住在曠野上。他沒見過曠野，小鎮是他住過人口最不稠密的地方，舉目盡是電線桿與木麻黃。三樓大堂哥的書桌抽屜裡有一本附彩色插圖的教會傳道小冊子，柯在封面瞥見「曠野」一詞，插圖是一片緩坡與黑夜相連，一幢洋式的尖頂小屋獨立在中央，唯一一扇大窗透出暈黃。「在曠野上」令他心往神馳。

是日花店無事，老闆外出前讓他早早下班。他多出兩三小時，突然想起讀書，或花店今天有個客人長相讓他想起一個學生時代說自己平日喜歡讀書的朋友。對柯而言，書是課本的意思，許久以前「讀書」跟著他的義務教育一起結束，出於一種躍躍欲試的好玩心情，柯想閱讀，一種瘋狂的挑戰，彷彿週六清晨一念間決定騎摩托車環島，現在他想一字、一字走完一本厚實的、印刷密密麻麻的書。

柯走進鎮上唯一一間文具行，只要書上寫著「西洋」或「世界」等字眼，隨意一頁都給他帶來與「曠野」這詞相似的感覺。感覺讀起來有點吃力，不確定，奢侈，陌生卻美好。彷彿店裡裹著薄紗的花朵，彷彿出遊不知目的。

最後柯挑了一本握起來手感不錯的厚書，書名是《塊肉餘生錄》，上冊。他不理解書名的意思，但他可以一字一字唸出聲音來，他想，這就夠了。

那天傍晚柯買了肉羹麵外帶，回到透天厝一樓關上鐵門，將客廳茶几清出一塊地方來。不一會兒又跑到三樓將靠牆收起的一張折式四角桌搬下來，打開擺在一樓床邊，然後將茶几上的小檯燈搬到擦乾淨的四角桌上，拉好電源轉開。他跑回三樓拿來一張配合折桌的圓凳，也用抹布擦過一遍，擺在折桌邊。他試坐了一下，高度剛好，接著在桌上攤開書，柔和的黃光落在書頁上，每個字都非常清晰，彷彿要浮起來。他滿意地闔上書，關掉檯燈，回到電視前的茶几上，動手把肉羹麵從塑膠袋倒進保麗龍碗裡。

吃飽後柯關掉電視，挺直腰桿坐在他的書桌前準備讀書。他翻開第一張紙，從書名、作者、譯者、出版社、出版時間與日期開始讀起。書顯然很舊了，出版日期：民國七十七年；譯者：「編譯部」。然後他讀代序。他咀嚼每一個字，偶爾有不識得的字就直覺硬發一個音帶過，彷彿騎車輾過小石頭。他讀得很慢，確保一個字也不落掉。

讀到第三頁時，柯突然感到一股輕微的震動，彷彿一個與他踏在同一塊地上的人走了五步，停——又走了五步。震動停了，柯也停了。他等了一會兒，期待震動再出現，好讓他確定不是錯覺。沒有。他從中斷處開始讀起，翻過一張紙後讀了三行，震動出現了。這一次柯馬上停下來，那人踏了七步，停一會兒，又走了五步。柯確定不是錯覺。也不是地震，他想，這一排另外兩戶透天厝中有人正在家裡行走。他繼續讀。

幾週過去，輕微的震動造成干擾。柯讀書的時候，大約每兩到三頁會出現一次震動，每次差不多是人走十步左右的力道與速度，去，停，又回，有時會跑起來，悶且輕巧，答答答答。柯奇怪自己之前從未發現這件事，也許是晚上他總是專心看電視的關係。他注意到，震動的只有一樓，二三樓倒是穩妥妥地。可惜他不會上樓去讀書，那不是他住的地方。

兩個月後折桌上的書翻到第二八五頁，而每晚柯要結束閱讀之前情緒總是非常暴躁。毋寧說，他是被震動催著決定「今天到此為止」的。震動一步步探測他的耐性，他甚至宣戰似站起來往電視方向大踏步走了五步，停，又用力往回走了五步，回到書桌前，使勁原地立定跳了幾下。每天他告訴自己，明天要是再震，他就要找出震源，也就是那戶人家，那個人，吵一場好架。

若問柯那二八五頁說了什麼，他回答不出來，他說錯了主人翁的名字，但也不覺得有什麼關係。因為柯確實在讀的當口感受到那些奇特的字詞——「考伯菲」、「默斯通」、「晚餐用牛排派」或「曠野」——在嘴裡放大的感覺——字不像字，詞不像詞——一種克服了什麼的感覺。

行文將至盡頭的那晚，震動從他翻開紙張那一刻開始，柯抬起頭，感到胸口湧起一股熱氣，他拎起書，指頭夾著最後幾片書頁，用力推開椅子站起，大踏步拉開鐵門走過馬路，猛一轉身面對一排透天厝。

他發現房子全亮了——不知何時隔鄰左右兩戶都入了人，五副相連的窗子滲水般透出白灰柔光，柯站在馬路對面，不太確定感覺興奮還失望，燥熱從身上緩緩蒸騰入夜裡。

他在田埂與馬路的接壤處坐下，勾指撥開書本，就著月光與路燈將剩下的字句讀完，心裡感到結束，他將書本闔起擺在雙腿間，以兩指估量厚度。這就夠了，柯想，震這麼多夠了。

1 編注：此處「幹恁娘」台文正字實為「姦恁娘」。然作者為表達小說角色語意，今選擇維持台灣社會普遍約定俗成用法；全書「幹」字的用法亦同。

上台

他已經跟阿母說過不要主持人，現在埕裡的工人卻在他面前搭起舞台，他跑到後面廚房外的空地上，阿母與一些婦人正蹲在地上削嫩薑。

「為什麼有人在搭舞台？」他問。

「去問你阿媽。」

「你自己說你跟他說好了呀！」

「你敢毋知影（難道不知道）恁阿媽番甲有賰（固執得有餘）？」

「我去叫他們拆掉！」

「我看你嘛仝款（也一樣）。」阿母頭也沒抬，旁邊圍成一圈的村婦放開喉嚨咯咯笑，笑聲大過前埕喇叭裡的那卡西，他聽見歌詞唱著「再會啦無緣的人」。

剛才弟弟偷偷換上伍佰的專輯，奏沒五分鐘有一個他不認識的大叔頂著凸肚走過來說：「這啥？有夠歹聽。換一塊啦。」弟弟並沒有想解釋的樣子，溫順地按下停止播放鍵。「那誰？」他走過去低聲問小弟。

「曷知（(我)哪知道）。這裡有一半的人我不認識。大概是鄰居來幫忙的。」弟弟說。

他瞪著大叔看了好一會兒。大叔站在淩晨宰畢的豬公旁邊發呆，嘴裡叼支菸，雙手背在尾椎上方，看著阿爸將四肢大開的趴地大豬公俐落地剁成十數份，分裝在塑膠袋內，自頭至尾大叔只有大聲說話而已。在高分貝的那卡西樂聲中，他聽見大叔說「彼塊，彼塊留咧。」阿爸蹲在地上，汗衫已經可以擰出水來。

「再會啦！無緣的人」奏完了，再來還有什麼？他很想對誰說「這是結婚耶，搞什麼」，但他以為別人不會懂得他話裡的意思。此時小弟不知道跑到哪兒去了。

他只好繼續看工人搭舞台。舞台已經差不多搭好了，架高的木板條，素紅大幕襯底，罩頂是黃綠粗紋的半透光塑膠布，左右兩邊涼颼颼的，再過去一點的牆欄外便是青黃相間的稻穗。他想，他們動作真快，根本來不及阻止。一個男人站在印有「藝聲KTV出租」的箱子前開始試麥克風，不知是誰的孩子在台上玩，男人將麥克風遞給孩子，孩子高興地把麥克風摔到地上，發出「叩」的一聲，音箱傳出尖銳的泛音，男人過去把麥克風撿起來，對著說了聲「幹！」然後關掉。

他看見舞台邊陲有一些亮晶晶的彩紙裝飾，突然想起一件事，趕忙又跑回廚房後面。阿母仍蹲在那兒，他想私下問阿母，但是婦人們都在，他打開門又關上，又打開，最後他只好小聲問：「阿媽敢有叫跳脫衣舞的？」

婦人們又笑了。「按怎(怎麼樣)？你愛彼味的喔？」阿姨說。那裡每一個婦人他都喊阿姨。「媽！」他說。

「無啦。恁阿媽這馬知影見笑（現在知道羞恥）啦。伊講起舞台欲唱卡啦ＯＫ，鬧熱（熱鬧）啦。」

阿母回答。

他關上門，回到客廳前經過臥房，她正在裡頭化妝。他打開門進去，坐在床邊看，「你也來畫一下，」她說。「不要。」「又不會怎樣。」

我跟你說，等一下會有唱卡啦ＯＫ的。

——你不是說都不要嗎？

我阿媽很難搞。不過，熱鬧嘛。

她想了一下說：「好吧，牙一咬眼一閉就過去啦。」她拍拍他放在床沿上的手背。

對他們來說這一切早就過去了。上禮拜天在他大學好友開的小咖啡店裡，她親自設計菜單，所有的冷盤都是他們倆當天早上起來做的。好朋友們送來了禮物，大夥兒喝光了他拿出來的紅酒。更早一個禮拜，在離家不遠的法院裡，初次見面的人給他們的結盟作見證。

娶要回去娶，阿爸的意思。回去？他想自己從出生到現在二十八年都住在這城市，「回去」是哪裡？「一定要這樣嗎？」他皺起眉頭。阿爸一看他表情，也皺起眉頭。他知道說也沒用，他出生前阿爸的眉頭就皺了。

「咱姓鄭的娶就愛轉去（回去）舊厝娶。」

他又說：「可是我的朋友都在這裡耶。」「彼个（那個）是恁兜（你們家）的代誌（事情）。」阿爸回他。

他們妥協，方式是誰也不管誰。他在這裡自己辦一場，阿爸不用出席，阿爸在那裡自己辦一場，當然他得出席。從小到大他出席過許多類似場合，主持人大同小異的四句聯與戲弄，他從不懂為何所有人笑得花枝亂顫到知道要耳面赤紅。他私下與阿母說，日子隨他們，幾桌沒關係，請誰都好，只要沒有舞台，沒有主持人，不要歌舞表演。阿母說她會跟阿爸說。

他看著面前的舞台，像一個正對巷口的紅底大相框，一張大嘴那麼闊，一次放一個人上去唱卡啦OK，飢餓的人客頻頻轉頭注意巷口出菜處，著圍裙的阿桑們舉著大白盤魚貫進場，眾人執箸移動手腕就預備位置……台上那是誰？飼雞阿媽伊隔壁村外甥仔的丈人。誰？啊緊食（快吃）啦。他突然覺得心虛，好像誰說了一個所有人都懂的笑話，笑點簡單而無關緊要，有人覺得好笑笑了，有人覺得難笑笑了，他卻不知道哪裡好笑也不知道哪裡難笑。他在狀況外，在狀況外的狀況外。他退到比出菜口還遠的地方，他從來不知道飼雞阿媽有外甥住隔壁村，他在隔壁村之外。

不熟的堂妹們打扮起來，搬了婚禮道具公司送來的長桌與椅子，坐在稻埕入口聊天，其中一個假裝來客，演練紅包登記、簽名與發送喜帖等事，一人站起身打揖接待，兩人嘻嘻哈哈，扮成客人的堂妹索性坐上長桌，絲襪緗亮的兩條小腿前後晃，直到阿叔走過來巴她的頭。阿叔的手很輕，不碰壞女兒清早去鎮上洗淨攏好的髮型，「嘖，莫（不要）坐佇（在）禮金簿仔頂頭啦。」堂妹吐了吐舌頭跳下來，差點撞到旁邊立著的三十吋婚紗照。

起先他們不願意拍婚紗，省下那筆錢去玩多好。好酷！朋友說。而他就要跟這麼酷的女生一起有個家。「結婚吧，保證以後也會很好玩。」她說。阿母說，沒有婚紗照怎麼行？你們以後一定會後悔。「古早人也沒照什麼婚紗，」他說：「像你跟阿爸那樣，結婚那天站在巷子口照一張紀念不是很好嗎？」哪有好，阿母說，不照你們以後一定會後悔。
「一定要照，」阿爸說：「不然你們以後一定會後悔。」
他不知道阿爸與阿母後悔了沒有。後來他懂了簡單的道理：別人有的他也要有。
「我們會去照幾張給你放入口好不好，不會照一本啦，」他說：「省點錢給你多擺幾桌好不好？」
然後婚紗照討論到此為止，事實上所有討論皆如是。進，進退，退，退進。她的原生家庭好說話，讓他羨慕。結婚是他們倆第一場並肩對外的戰鬥，她方一城下過一城，「你們好就好。」她爸媽說。他這邊與阿爸阿母辛苦跳探戈。
「你們以後一定會後悔。」阿爸退。

陸續有人從巷口探頭進來，在埕裡繞了幾圈，抓把桌上的瓜子，跟他一樣盯著舞台。那些膚色黝黑有點駝相的老人，「恭喜唷。」他們看見他就過來拍拍他，他奇怪為什麼他們能認出他。他上國中後就不常回舊厝，連小學寒暑假玩一塊兒的堂表兄弟姊妹都快要不識得他，而這些他喊大小伯叔公的男人識他卻毫不費力氣。他以為看見阿爸跟一個中年男人說話，走近發現是台中伯公不是阿爸，「恭喜唷，」台中伯公說。「恭喜恭喜，」中年男人拍拍他的肩膀。

「你不知道我是誰唷，」中年男人說：「我叫你阿爸表兄啦。」

「表叔你好，」他說：「家己（自己）來，莫客氣。」

他望著台中伯公與表叔傻笑一陣，轉身找阿爸去了。

阿爸說十二點準時開桌，一雙眼睛紅通透，阿母告訴他說拜完天公後阿爸整夜沒睡，他看看錶，十點過五分。「爸，爸，」他指著站在舞台下與試音男人說話的女人問：「那個是誰？」女人表情嚴肅地拿了本簿子，穿著黑色低胸的緊身上衣與白短裙，罩桃紅色的短外套，低腰處繫著桃紅色寬皮帶，脖子上箍著黑底銀磚的項圈，厚底馬靴，戴一頂駱駝色的貝雷帽，年紀大約四五十歲，他不太會估女人年齡，但他直覺該叫那女人阿姨，覺得她若褪去那一身坐在阿母旁邊削嫩薑也不顯得奇怪。

「啊彼个主持人啦。」阿爸瞇起紅眼說。

詐降！撤退！撤退！他跑回臥房裡找到她，她已妝畢，坐在那兒與她媽媽及兩個姊姊聊天。「我跟你說，」他抓抓頭：「有請主持人。我爸說因為剛好阿媽他朋友的朋友的媳婦在做這個，所以不用添多少，不請白不請，」他愈說愈快：「你知道，反正又是熱鬧啦！」

「主持人要做什麼呢？」她問：「不是沒有表演嗎？」

「大概就是串場吧，介紹上去唱卡啦ＯＫ的是誰，講一些熱鬧話這樣。」

「那很好啊，」她說：「不要叫我們兩個上台就好。」

「不會啦。」他說。

他聲音小了，這保證來自阿母，他只是再保。他在臥房裡東摸摸西摸摸，丈母娘與大姨們也打扮完畢，她二姊是前年在台北飯店裡結的婚，當時他去幫忙接待，心型氣球，桌花，小提琴手，投影機，別人有的她二姊都有。那時也有一樣的場景：在飯店提供的套房裡四個女人瞎聊等待。

「你想這樣結嗎？」他曾私下問她。她搖搖頭：「太花錢了。」

今天是好日又好天，他西裝裡汗濕一片。還好臥房有冷氣。兩月前阿爸說要花錢重新裝潢一下舊厝，給臥房換台新冷氣。舊的大概十年沒開了，阿媽嫌電費貴。牆壁要找人重刷，紗窗補一補，也許買套新沙發。他反對，他想一天來回完事，過了就過了，「就為了那一天？免啦。」這是給你面子，阿母說，較免（以免）咱庄跤（鄉下）厝舊舊予（讓）人看咱無（看我們不起）。他覺得不值得，都是阿爸阿母的血汗錢。

「恁老爸的錢免你煩惱。」阿爸進。

他又走出去，已經有好幾口一家老小挑了位置坐好一桌，他看看錶，十一點十五。廳堂口搭起了拱門形狀的彩色氣球，虛弱的粉紅色紫色氣球呈螺旋排列交纏，喜慶的DNA。他站在拱門下，懷疑那些氣球到底跑了多少場婚宴。他走到巷口總鋪師紮營處，地上散置一個又一個坑坑凹凹的白鐵盆，裝滿螃蟹、水晶魚、白菜滷與三層肉；酸菜掛在盆邊，兩三條塑膠水管丟地上，管口徐徐吐著清水，小河從他皮鞋底流過。柏油路面熱氣騰升，讓三步外的大鍋鼎看起來斜迤歪錯，鍋蓋掀翻的蒸氣糊去手不得閒的炒菜師傅側臉。他想起自己有張照片：一雙粗糙起繭的大手托著他滑軟嫩爛的屁股，擺在注了水的鐵盆裡。阿母說那是他從醫院抱回家第一天，阿媽幫他洗澡。他點頭說舊厝取熱水得劈柴燒大鼎的時代，他還有點印象。照片裡的白鐵盆比他長兩倍，現在他低頭看地上那些盆，覺得當時自己長度大概不如一隻帝王蟹腳。

這時他就想感嘆長大真奇妙。他總在各種場合裡有這麼點靈悟，一些可有可無，容他分心神遊的場合。他從沒想到在自己的婚禮上也會有這種片刻。他再次確定自己非常愛阿爸阿母，他看著他們長大，今天都是為了他們。

弟弟跑出來喊他，「你老婆叫你。」他敲門進了臥房，只剩她一人。「你媽呢？」她聳聳肩。「你叫我？」嗯，我有點緊張。「我都不知道你會緊張。」她瞪他一眼：「把你關起來看你緊不緊張。」「我跟你說，我剛剛看見這麼大塊的滷肉——」但她顧自說下去：「然後外面轟隆轟隆，人跑來跑去，一直有小朋友來偷開門，看我一眼然後笑著跑走。」他握住她手，她順問：

——等一下我們要幹嘛？

——就出去坐在那邊給人看。

——然後呢？

——吃飯。

——然後呢？

——傻笑。

——然後呢？

——敬酒吧。

——然後呢？

——送客？

她笑起來。沒多久弟弟敲門進來說要開桌了，她的兩個姊姊回到臥房裡幫她整理衣裙，端臉檢查，一切沒問題，上了。

主桌擺在大廳裡，是全場數十張圓桌中離舞台最遠的一桌，避開半透光的塑膠棚。他們在掌聲中坐定，他阿爸阿母，她爸爸媽媽，兩位姊姊和他伯公與小叔已就同桌。他阿爸還是紅著一雙眼，阿母換上新買的套裝，鼻尖帶水氣，她爸媽與姊姊看起來很乾爽。第一道菜是冷盤，彼時已經有人抓著麥克風唱歌，他阿爸頻頻離席，一下子到台邊與親戚低語，一下子迎向他不認識的人握手點頭，無論做什麼表情都很嚴肅，他的阿爸，彷彿臉鬆下來整片塑膠布棚就會垮掉。主桌上兩親家細聲說話，他阿母破碎的華語與她父親破碎的台語對出一種善意的語言，他與她在桌下偶爾手握手坐著，沒人插嘴。

第二個塑膠白盤是小山高的燙蝦與兩碟哇沙米醬油。她頸子上掛了他阿母阿媽嬸婆阿姨等打來的金項鍊與飾牌串，但她偷偷摘去手套配件，可以自己剝蝦殼。「我肚子很餓。」她小聲對他說。他們倆默默吃。當兩邊親家對話跛行至絆跤的時候，大家便微笑望著舞台，全神貫注聽麥克風傳出的聲音。有時是人客的歌唱，有時是那主持人戲水道一樣滑溜的講話。他也豎著耳朵等待，有事情要發生。第三個白盤裡是香菇髮菜勾起的魚翅羹，第四盤螃蟹米糕，就在第五道菜端上桌之後，主持人像突然發現他們存在放聲大喊。「所以各位來賓，咱這馬（現在）來歡迎，新郎新娘猶閣（還有）有雙方親家來上舞台——」她睜著驚訝的圓眼看他。「幹。」他輕輕地拍了自己的膝蓋：從舞台搭起那一刻他就知道。

阿爸進，阿爸進，阿爸一路進到舞台上去了。全場百來人的眼睛找到自己舒適的位置，台上傳來薄尖電子音合成的結婚進行曲，是小調！他阿母與她爸媽以一種比賽看誰站起來最慢的速度起身，臉上又慌又喜，像窮極無聊時接到詐騙電話。他與她還坐著，「來，新郎新娘，手牽手，心連心，咱來歡迎今仔日上蓋媠（最漂亮），上蓋緣投（英俊），上蓋四配（登對）的一對——」主持人在對角線一端呼喊，日頭正炙舞台正紅，「走吧，要看就給看，」她兜攏裙襬，「不，你不了解……」他回想以往那些堂兄們的婚禮，一切都太遲。

「……男主角女主角，新郎新娘——上舞台——」上台得穿過全場，他扶著她。台上那張嘴絮絮不停，「咱新娘一步一步行，以後翁婿才有好官名，囝孫攏總第一名——」路上許多人興高采烈拍手，這些人，他們都知道接下來是什麼戲碼。

她爸爸媽媽，她與他，他阿母阿爸，由左到右橫列在台上。每個人手裡拿著台下遞上的塑膠杯。突然跑來一個所有人都認識的議員，光面紅臉站在她爸爸左邊，主持人遞過麥克風，議員便開始說話。「……剛才看到教育界的訓導主任張主任……」他想議員醉了沒。「啊——咱新郎，咱——振、振宇嘛是真正有夠優秀……」他抬頭往聲音方向望去，這位大叔我們第一次見面，他想。大叔沒看他，但嘴仍稱讚他，彷彿從小看他長大。第二位說話的大叔是里長，他認襯衫的，頭銜也是今早阿爸說了他才知道。

里長說，咱楊天賜議員為著鄉里，熱心服務，做人誠懇……其他人都跟著到台前來了，他望著最遠處空無一人的主桌。麥克風一直響，里長稱讚完議員開始稱讚阿爸熱心服務，做人誠懇，他瞄阿爸一眼，阿爸還是嚴肅。

麥克風回到主持人手上。「新郎新娘，親家親母，里長議員佇遮共逐家（在這裡跟大家）說多謝，感謝逐家今仔日來參加咱的婚禮，來予這對新人祝福，來咱杯仔添予滿，祝福這對新人生活幸福閣（又）美滿，啊盡量共伊啉甲（喝得）歡喜，予逐家轉去平安快樂萬事攏如意喔——來！共同舉杯——」主持人吞一口口水：「來，共同舉杯一下，咱祝這對新人，『永浴愛河，早生貴子』，感謝逐家，多謝——謝謝！多謝！來——」

他突然懂了為什麼主持人可以說話不停。她一下是新郎新娘，一下是親家親母，一下是里長，一下是議員，一下是底下來賓，她替人起頭，替人接尾，替人問，替人答，她是所有人的嘴。

一行人依序從右方下台。她拉起裙襬準備，他想寶貝，沒那麼簡單。「恁（你們）兩个小等（等一下）才落去歇睏（下去休息）嘿，」主持人說。她媽媽抓著她的手附耳叮嚀什麼，「無要緊（沒關係）啦，」主持人揮揮手：「你女兒在台上我會幫你給他顧好，你放心啦。」他想，要顧好她的是我，我知道那張嘴接下來的把戲。

剩下他倆與主持人在台上。他不習慣站高面對百多人，只好手捧塑膠小杯仰頭看遠，她爸爸媽媽與姊姊已回到主桌，微笑望著他們。主持人將他們兩個往右拉一點，讓他們站在舞台正中央。那張嘴開了：

——新郎新娘有意愛，雙雙對對上舞台，

——親情（親戚）朋友攏總來，祝恁逐家好運福氣馬上來，逐家轉去，

會當樂透著（中）規排（整排）啦！

「這就是開場？叫大家中樂透？」

來，噗仔聲（掌聲）共伊催落去。啪啪啪啪啪啪啪啪。

——新郎新娘啉一下交杯酒，予恁愛情長長閣久久，

——後擺（以後）若生後生（兒子），絕對生成彼个馬英九！

「啊幹，真是夠了，等一下有陳水扁嗎？」

啉交杯酒，交杯，交杯，手按呢（這樣），著（對）啦。啪啪啪啪啪啪啪啪。

——啉予焦（喝光光）啉予焦，才會趕緊做阿爸，

——啉到底，才會趕緊做娘嬭（媽媽）！

「不要推我，你這個八婆。」

催落！好，來這個給我沒關係，我幫你們放旁邊。啪啪啪啪啪啪啪啪。好來，各位，咱拄仔(剛才)看著𪜶(他們)咧啉這个，交杯酒的時陣(時候)，含情脈脈，

——感情好，感情甜，後擺若生查某囝(女兒)，絕對較贏彼个陳水扁——

「幹恁娘！」

——人講人生做人有三大禮，頭一歡喜是咱結婚時，

——佇遮(在這裡)咱祝𪜶(他們)翁勢趁(擅長賺錢)，某(妻子)勢持(擅長持家)，雙雙對對富貴萬萬年！

「結婚不用上台更歡喜，還有我們兩個都會賺錢。」

來掌聲鼓勵一下喔！啪啪啪啪啪啪啪。

——新郎學問真相當，新娘美麗真大方，

——今暗（今晚）佇房間內底開始欲來摸摸摸，雙方親家，真緊（很快）就欲做

阿公！

「來了！你不開黃腔會死嗎？今晚懷孕根本是詛咒。」

來掌聲鼓勵一下！啪啪啪啪啪啪啪。

——咱新郎穿做是啪哩啪哩，新娘生做是真伶俐，

——今暗佇房間開始欲happy happy，真緊就會有白白胖胖的小

baby！

「happy跟baby咧！穿衣服跟生小孩，到底有什麼邏輯？」

來掌聲鼓勵一下喔！啪啪啪啪啪啪啪啪。

——新娘生做是好體格，新郎緣投少年家，

——良時吉日配夫妻，祝恁天賜良緣頭一胎！

「最後一句零分，連文法都沒有！」

今仔日逐家攏（都）有看著，咱新娘生做若長得國花，彼个，國色天香如花似玉喔，啪啪啪啪啪啪啪啪。

——新郎新娘上舞台，滿面春風笑哈哈，

——聽講咱新郎功夫是足（非常）厲害，今暗佇房間新娘你若歡喜就愛盡量哀（叫）！

「哀恁祖媽啦幹！你除了公然性騷擾跟押韻你還會幹嘛？」

來，噗仔聲共催落去！啪啪啪啪啪啪啪啪。喂，喂喂？喂？忠仔這支無電……喂，啪啪，喂，好，啊少年的你食電食真傷喔。來各位來賓咱逐家閣再注意一下，重要的時刻欲來囉，來，咱已經準備欲來舞台上做一下，來予咱來賓來欣賞，來新郎新娘向左向右轉——

他不太敢看她的表情，但主持人的手磨磨蹭蹭，推著讓兩人在台上面對面。從舞台下方看去是兩人側臉，他還是看了她，她也看他，嘴角微笑著，有「現在是什麼狀況」與「不管怎樣一起加油吧」的眼神。他知道那張嘴說的話她似懂非懂，但在台上他無法與她解釋，都是好話，只不過。

新郎共（把）咱新娘牽予好，來，咱新郎聽我的口令喔，來換一个角度，這爿看無會當（可以）徙（移）位，來換一个角度，來，這馬，新郎聽我的口令——

——共（給）新娘唚（親）一下頭額（額頭），予恁愈來愈好額（有錢），

「我為什麼要聽你的口令？」

來，額頭，對對對，你不要動，老公動就好，對對對。啪啪啪啪啪啪啪啪。新郎來，再一次——

——共咱新娘唚一下鼻稜，予恁愈來愈才情，

「你我阿爸派來的給你面子。沒請人表演，表演的是我們，幹。」

來，噗仔聲閣催一下！啪啪啪啪啪啪啪。啊我擋著喔，按呢（這樣）我閃一下，毋過（不過）按呢有唚著無唚著我看無啊，無要緊，來，這馬聽我的口令就著（對）啦，來新郎閣一擺（再一次），

——共咱新娘唚一下仔喙（嘴），予恁年年大富閣大貴！

「都聽你的就對了，你他媽老師好，這樣是要親到何時——」

喂，你嘛愛有一點仔擋頭，傷緊矣（太快了）啦，啊跤手遐爾緊欲創啥（手腳那麼快要幹嘛），

閣一擺！

——共咱新娘唚一下仔喙，予恁年年大富閣大貴！

「還倒帶慢動作，很好玩唷？」

著（對）嘛，按呢著（對），好，來，新郎，這馬閣一擺（再一次），

——共咱新娘唚一下奶仔頭，予恁囝孫代代好出頭，親情朋友逐家轉去攏有好彩頭！

「幹恁娘你不要太超過！」

想像台下下流歡樂的目光，他已握起拳頭，卻反射地望向她胸脯。

突然他看見她肩胛骨上與耳垂之間，有一小塊東西附著在梳攏的髮型裡。不知道什麼時候，一枚摘去身體的草蝦顱殼，就這樣卡在她髮際，像一隻乾涸的小指頭。一節死去的頭殼，他瞪著牠，面對面，牠黑米豆般的珠眼也瞪著他。

「要現在跟他說嗎……」

他往前靠想伸手去撥。

你在幹嘛？你要跟他講話？你要跟他講話？我叫你親，你在跟他講話？

那張嘴愈來愈近，他退回原位，瞪著蝦的頭殼。是她起身前低頭撿拾手套沾上的？他想起她吃蝦會吮殼，所以裡頭是空的吧？那張嘴一說話，殼上射線般的脆鬚就微微振動，淡而透明的橘肉色，好細，好可憐。

各位，咱新郎，伊講喔，啊恁啊無拍噗仔（拍手），我是按怎愛唚予恁逐家看？啪啪啪啪啪啪啪啪。好，來，新郎，新郎今仔日閣一擺——

——共咱新娘唚一下奶仔頭，予恁囝孫代代好出頭！

那也是一張臉，有眼鼻鬚與幾撮縮起的前腳，他甚至覺得牠有表情，但他找不到牠的嘴，相較之下，晶潤的黑眼顯得沉默而哀傷。

啥？啥？新娘你台語聽無喔？欸，伊聽無，啊你聽有無？

若依照他阿爸與餐廳的吩咐，今天早上牠應該還活著，就在幾個小時前，他背著手走過封巷內的白鐵盆，站在許多蝦蟹魚螺之間，牠在其中一個盆裡，而他在舊厝的婚禮上。那時他沒有想過幾個小時後他要表演，牠是最近的觀眾。

進輝兄，唷呵！進輝兄，恁新婦（媳婦）講台語聽無啦！來，我共（跟）你教，這个，這條，這个是ㄌㄧㄢ「連」，二聲「連」。啊遮（這裡），是ㄌㄧㄥ「拎」，一聲「拎」。鍊仔頭佮奶仔頭，有分啦！

主持人一下指著她頸子上的金項鍊，一下努力在自己胸前比劃。台下有人鬼叫一聲，她點點頭笑起來表示懂了。

喔，伊驚一下，閣當做欲唚遐(那裡)咧，來，無啦，台下閣(還)有小弟弟小妹妹，限制級的咱毋通(不可以)，來，噗仔聲閣予伊催一下。啪啪啪啪。來唚一下，遐，ㄌㄧㄢ「連」，二聲「連」。

他湊近那枚死去的橘色的頭顱。

少年耶我猶未叫你唚啦，拄仔(剛才)叫你唚你毋唚，這馬(現在)才直直欲唚，

來來，閣來一擺——

——新郎共咱新娘唚一下鍊仔頭，予咱囝兒代代好出頭，親情朋友逐家轉去攏有好彩頭！

咱噗仔聲閣予伊催一下！啪啪啪啪啪啪啪啪。

他再次湊近，雙唇輕觸她頸上的金鍊牌，黑眼珠為證，他阿母曾是新娘，她媽媽與姊姊曾是新娘，主持人也曾是新娘，他想要有一個家庭，像新娘那樣可親，像蝦殼那麼輕盈，像阿爸那樣認真，像舞台這麼安靜。

這馬新郎共咱新娘攬予穩，雙手愛攬，日後事業才會穩，新娘予新郎攬一个下腰，攬下腰暗時（晚上）咧睏（睡覺）才會燒。來，咱新郎新娘這馬喙拄喙（嘴對嘴），然後踅一輾（轉一圈）喔，來，踅予圓（轉得圓），予你平安順序（順利）大趁（賺）錢，來，新郎新娘，愛唚咧，愛唚予牢（緊），然後慢慢仔，慢慢仔踅一輾喔。來對一，算到十，才通（可以）放，放開。來，預備——

十、九、八、七、六……

「噢！」

四、三、二、一！來賓掌聲鼓勵一下，謝謝！好來，新郎新娘閣一擺，佇這个舞台上，共恁說多謝，逐家轉去會當滿面春風，平安順序，會當美夢成真，心想事成，來，謝謝，一鞠躬！來！好來，歇睏（休息）矣，好，小心，牽好——

「你剛剛咬我嗎？轉圈轉到一半的時候。」他牽著她下舞台梯時問。「你在發呆，」她說：「明明在看我，可是我可以看見你根本不在那裡，你的眼睛是空的。」他們一前一後穿過一桌又一桌，許多人對他們笑，不認識的人拍他，與他說話，直到他們坐回位子上。

「你生氣了喔？」他解釋：「不是，因為你的頭髮，這邊，這邊有一個——」他伸手去指，「這個？」她偏著頭，摸下一個細紗與串珠亮片捲成的髮飾。

「沒有，」她說：「不過跟我想的很不一樣，不知道你有沒有這種感覺，在上面的時候，很奇怪，主持人愈故意開我們玩笑，我覺得愈輕鬆，好像我在台上，也是在台下。」

他看著她手掌上，是細紗與串珠亮片捲成的髮飾，已經有人上台歌唱，那誰他依然不認識，他用了最大的想像力，再也看不出什麼沉默哀傷的黑眼珠。

好死

猴子阿媽向我表現出她對死亡的興趣是我跟她一起看一齣日劇時。我的房間沒有電視，那一天我正要失戀，我喜歡的男孩對我說「你應該去看最近那齣日劇，跟我們很像。」於是鮮少看電視的我走到客廳裡跟猴子阿媽一起守在電視機前面等候下午的日劇重播。猴子阿媽指著裡頭一個少女告訴我：「這个查某囡仔（女孩子）有夠戇（傻）。」當時那個少女因默默為男主角做了一大堆事卻得不到關愛眼神而灌了自己許多酒，在半夜衝出家門遊蕩街頭。她用男主角某次打球忘了帶走的毛巾擦眼淚，然後將毛巾從天橋上扔下，那條毛巾像塊屍布一樣展開四個角飄呀飄，最後落在下過雨的柏油路上，被深夜呼嘯而來的車輛輾過。女孩開始作勢要爬上天橋欄杆時，我小聲說了一句：「死好。」

我以為猴子阿媽重聽很久了，因為她說話總是會穿過整個院子。然而這次她用跟我一樣小聲的音量與彆扭的腔調說：「那樣死才不好。」我看著她，說：「啊？」她看了一下走廊方向，那裡通往我大伯二伯三叔四叔等家庭睡覺的邊房。「彼款（那種）死穤（醜）吱吱[2]。」她轉成台語：「一定無全屍。」

我想說這不是廢話嗎？但是我突然發現自己很久沒有跟猴子阿媽說話，儘管住在同一間大厝裡，她活動範圍跟我幾乎沒有交集。那天日劇看得我很無趣，我一點都不喜歡男孩了，他既醜又蠢。我彷彿突然找到新朋友，

「一定要全屍才好嗎？」我問猴子阿媽。

「講啥物（什麼）痟話（瘋話），當然嘛愛（要）全屍。」猴子阿媽說：「無（不然）你去見閻王閣愛（還要）倒手（左手）提正手（拿右手），正手揞（提）頭殼，按呢敢通看（這樣能看嗎）？」我笑起來，我從來不知道她說話那麼幽默。

「大路口入去彼个庄內彼个佮（跟）我平濟歲（同歲數）的阿桃，頂（上）個月過車路的時予（給）砂石仔挵（撞）著，頭殼飛出去落佇（掉在）咧隔壁路中央，拄仔好（剛剛好）予另外一台砂石仔絞入

去，一粒頭親像米糠軋甲（輾得）碎糊糊。」猴子阿媽靠過來小聲地說：「結果伊後生（兒子）去叫師父用紙共（給）糊一粒，伊才有頭通出山。」

我還沒說話，猴子阿媽又說：「我才無愛（不要）按呢死。」

如果我沒弄錯，猴子阿媽八十三歲了，自我有記憶以來一直活蹦亂跳。她對健康非常在意，偶爾胃痛或腹脹或耳鳴就馬上自己搭客運去市內大病院拿大串藥丸回來，我經過大廳她總是在看跟養生有關的飲食節目。她咻咻轉著頻道，只要看見老人影像就停下來，跟小孩看見小孩一樣。到現在她仍早上四點起床去走山頭，像隻蜜蜂在自己的小菜圃裡工作，從沒聽說有什麼大毛病。

「你還久的咧。」我說。我們倆一起看了一會兒電視裡女孩充滿慢鋼琴與柔焦的回憶畫面。我試探地問：「啊無你想欲按怎（怎麼）死？」「死」這字在我爸媽腦袋裡有著神祕難解的力量，吐出來會作怪，小時候我一說就挨揍，有一陣子我改說「那個」。「阿祖會不會那個？」但我爸跟我一點默契也沒有。「哪個？」我爸問我。我說就那個嘛，他說你說話再不清不楚我揍你，我說「會不會死啦！」結果我還是被揍。阿祖後來當然死了，有好長一段時間我以為阿祖的死跟我吐出那個字有那麼一點點關係。現在我與爸媽對戰時最喜歡的一招就是毫不在乎地在他們面前說死，「死了算了！」「管你去死！」「死也要去！」但我是硬撐的，那字咬在嘴裡像顆多出來的尖牙，我得先刺著自己才能刺到他們，他們過去的訓練太好了。

「噓——」猴子阿媽抓著我的手，又看向走廊。「個（他們）聽著咱咧講這个會罵。」「誰？」我問。「恁阿爸佮大伯二伯遐（那些）。」猴子阿媽說：「個無愛聽我講死。」我軟軟地伸出手讓她抓著，她的皮鬆了，像涼布的質地。

我開始希望她忘記我問的問題。我不知道自己想不想聽見她的答案。

「隔壁庄有一个恁阿公以前做伙（一起）佈稻仔（插秧）的查埔人，大我無幾歲，舊年（去年）死矣，你知影（知道）伊按怎死？」她神祕兮兮。「按怎死？」我問。

「伊透早起來去巡田水，中晝歇睏（中午休息），伊孫仔共伊買一碗麵，伊坐佇田底的亭仔跤（腳）食，大樹頭，伊坐佇遐食一碗麵，食飽倚咧樹仔跤就死矣。」猴子阿媽欣羨地說：「彼日我拄仔好去隔壁庄揣（找）恁姨婆開講，阮（我們）趕緊走去看，伊坐佇遐，塑膠碗箸閣（還）好好徛佇（立在）身軀邊，我倚去看，麵食甲一條無（不）賰（剩），樹仔跤的風涼透透，伊面紅彿彿，敢若（好似）猶閣（還在）咧笑。」

「搞不好是噎死。」我說。

「無喏，」奇怪猴子阿媽沒有覺得這話冒犯。「碗箸排好好，伊看起來就親像睏去，無病無疼，閣會當（還可以）食完一碗麵，彼款（那裡）死我上（最）愛，」她說：「彼叫做『好死』。」

隔日猴子阿媽來到我房門口，她沒有敲門的習慣，逕自轉動門把，我一開始還以為是唸小學的堂弟又要來偷我抽屜的零錢。「去死啦！」我大叫，動也不動。然後我聽見猴子阿媽微弱的聲音說：「妹仔？」我嚇一跳趕緊下床開門，她從來沒來房間找過我。

「失禮啦，我叫是（以為）你是阿全。」我說。她也不甚在意，只是東摸摸西摸摸，最後在我床邊坐下來。

「欲去大廳看電視無？」她問我。

我已經不需要看日劇了，不過我說好。「你先去，」我說：「我鎖一下門。」我將床上的報紙收好，關燈出來，一轉身猴子阿媽還站在門口。她見我鎖好門，才扭頭小步小步踏著塑膠拖鞋朝大廳走，我跟在她身後，她回頭看我兩次，沒有說話。

電視已經轉到日劇那一台。坐下來沒多久猴子阿媽開口了，當時電視上男主角正急忙趕到醫院病房要找到女孩說清楚講明白，但猴子阿媽說的話除了病院以外跟劇情似乎沒有關係。「昨昏（昨天）阿美仔伊丈人死矣。」阿媽說：「著癌。」

我連阿美仔是誰都不知道，只好點頭。「聽講佇病院連喙瀾（口水）嘛吞袂落去（不下去），醫生佇伊的腹肚鑽一空（洞），營養品用灌的，喙（嘴）內底裝細條管仔抽瀾（口水），變做下面入頂面出，規日（整天）攏咧哀哀叫，疼喔，叫甲隔壁床聽甲會驚，無人欲佮（和）伊蹛仝間（住同一間）。」

「彼款（那種）死毋好。」我說。

「當然囉。」

我想起剛才在報紙上讀到的東西，「聽講瓦斯中毒死的人，死進前(之前)先昏去，毋知人較袂痛苦。猶閣有，瓦斯會予你面紅紅，看起來袂歹看。」我說。

「人好好欲去佗位(哪裡)揣瓦斯中毒？」猴子阿媽說：「若講著燒炭，彼是自殺，死甲閣較媠(漂亮)閻羅王攏(都)毋看。」

「我這馬逐工(現在每天)攏唸經，」猴子阿媽說：「早暗(早晚)兩擺(次)，求佛祖予我好死。」

我看到她中午自己煮食，瓷碗擺在小桌上，裡頭是加了茄汁鮪魚罐頭的麵條，一點都不養生，她沒吃完。我問她：「佛祖敢會助人死？」「會啦，」猴子阿媽說：「好死就會。」我不知道她腦袋在想什麼，我有點怕知道。

「我有一个朋友伊阿公死佇咧香菇寮，」我想起這件事：「死一個月無人知，揣著(找到)的時陣(時候)野狗已經共伊(把他)拆食入腹，連骨頭攏無賰(不剩)。個(他們)嘛毋知伊是按怎死的，干焦知影（只知道）有一指跤指頭仔（一根腳趾）頂頭生一蕊香菇，野狗無食。個捧著彼塊跤指頭仔香菇落山，伊阿媽死攏無愛予個燒彼隻跤指頭仔，聽講這馬閣（還）囥佇個兜（放在他們家）公媽桌頂，」我頓了一下：「而且香菇閣咧發（還在長）。」

猴子阿媽頭搖得叮咚響，「有夠慘。」她說。

「無一定啊，」我說：「伊死的時陣可能無病無疼，佮你講的彼个食麵的阿公仝款（一樣），只不過尾仔（最後）予狗仔食去矣。毋過，人死了後敢毋是攏會化做烌（灰）？」她還是搖頭，「無仝款。」

我看著她，這時猴子阿媽突然靠過來小聲地說：「你毋通共別人講，」她的手又抓住我的：「我有感覺我欲死矣。」

「烏白講（亂講）！」我用另一隻手拍了一下她覆在我手上的手。電視上女孩在病床上用白色床單矇住頭，不願意闖入的男孩看見她狼狽的模樣。

那天傍晚我跑去找男孩，我要對他說：「你是白痴。」這句話毫無意義了，但我必須說出來，我想我有點了解猴子阿媽聽到腳趾長香菇那故事時說「有夠慘」的心情，好死不只是一眨眼的事。男孩的腳踏車停在鎮上的泡沫紅茶店外，我將腳踏車停在隔壁街，鬼鬼祟祟地朝貼著卡通圖案的玻璃窗往內看。他跟一個女孩坐在店裡角落的位置，女孩我在學校看過但不認識，我感到胸口痛起來，像蟲咬。最後我蹲在隔壁公寓的樓梯間裡喘大氣，一直到他們一塊兒出來牽車時我還蹲在那裡。他們離開後我沒辦法站起來，我的腳麻了，裡面像是有一千支小刀片齊頭剮著，我用手拍打外面，卻什麼也感覺不到，我邁開步伐，前進的只有脖子而已。我一拐一拐跑回隔壁街解開車鎖開始騎，當雙腿恢復知覺，我站起來用全身的力量猛踩踏板，在一條兩旁都是稻田的雙線柏油路上，我看見他們的腳踏車在遙遠的前方，一個葫蘆般的小黑影。我追上去，那影子愈來愈近愈來愈近，最後我在路分岔處喊了一聲「白痴！」便左轉往家裡騎去。

回到家我悶聲將腳踏車停在側門，站在門後看廳內的猴子阿媽。她一個人坐在那兒看電視，碗箸擺在小茶几上，他們不准她說死，不知道她午晚都吃同樣的東西，罐頭茄魚麵。

我感到那句「白痴！」的力量漸漸消失，猴子阿媽感到自己就要死了。這是我與她的祕密，我暗暗在心裡發誓，從現在起每天睡前我要想出一種好死的方法，或一個對歹死的意見，等明天猴子阿媽來找我的時候就可以說給她聽。

---

2 編注：此處應為台羅拼音「穤 tsi-tsi」，很醜之意。目前「tsi-tsi」還未有規範用字，「吱吱」乃作者取其形聲。

吞一顆硬糖

女孩九歲的時候喜歡站在教室前面，長長吸進一大口氣，低頭看著自己的肚子癟下，胸骨逐漸浮現，兩交界處彷彿一陡崖，女孩希望別人見到，她想像同學會咬著耳朵說：「噓，你看，他發育了。」

上課的孩子們窸窣進入教室，一個男孩經過講台前注意到女孩憋氣漲紅的臉，他伸出食指戳戳她高聳的肋骨問：「這是什麼？」

女孩想：「大膽！他竟伸手戳探一塊禁地！」

但同學魚貫入座，沒有人發出驚呼。女孩抬頭挺胸壓著一口氣不呼出，一顆心失落沮喪如消風皮球。

約莫在同一年女孩開始發育了。愉快的脹痛，走走停停，她的乳房宛如兩隻被豢養的小兔，興來蹦個兩下，然後又舒適安逸地蜷隱去。女孩每天看著鏡子前的自己，像觀察一個小花圃，地表不知地底隆隆。

有天女孩含了顆硬糖在嘴裡，硬糖均勻溶化如象棋子半切寬厚，她用舌頭推推擠擠，一下藏在舌下又翻至舌面。她吮著糖汁，直到忽地吸氣，一沒留意半顆硬糖溫順柔貼滑進了食道深處。

起先女孩有點驚慌。後來她想，硬糖終會溶化，在口中溶化與在腹內溶化最後都是一灘糖漿。女孩哽了哽。糖停在食道裡，她乾嚥幾口唾沫，感覺硬糖往下移到了胸口。

女孩的胸口卡著一顆未溶化的糖，呼吸有些困難，但她喜歡那臌脹感，離乳房那麼近，有時就是乳房。她用力將吸入的空氣擠進受壓迫的窄小管線裡，每一口都感到硬糖存在；乳房存在。女孩臉上帶著祕密的微笑，為了讓糖多坐在胸口一會兒，她甚至將口裡分泌的唾沫吐了出來，拒絕嚥下。從那時起，女孩只要想念自己未來的乳房便剝紙囫圇吞一顆硬糖。

女孩養成吞吃硬糖的習慣，半溶化的硬糖已經無法形成臌脹感，她開始一次吞下一整顆硬糖，一顆半硬糖，兩顆硬糖，兩顆半硬糖，最後女孩在某一次吞吃三顆硬糖時，第三顆硬糖咕嚕滑進錯誤的管線，噎死了。

「太可怕了，」葬禮舉行的那一天，鄰居們私語竊竊：「這麼乖巧的女孩，一個小大人，他長得多麼像他的美人母親啊。但怎麼會有這麼不巧的事情，吃糖噎到——小孩畢竟還是小孩，唉唉。」

剛剛好

那個晚上我受朋友之邀去了那個地方。朋友只對我說了一句：「來吧，好玩。」我就去了。簡單說，過去有一段時間裡，事情要發生即如此容易。

那地方原是個遊樂場，當時仍是。那個時候，白日成年人辛勤工作賺取不多不少的錢，讓時間過去，明天到來；小孩子在學校裡變老。上面規定遊樂場只有白日能營業，平日賠，例假日賺，不多不少。然而那一天遊樂場在夜裡開了，謠言傳來說是老闆預備在隔日結束自己生命的緣故。晚上九點我們到的時候，門口仍擠滿排隊進場的人們，有下了班的成年人，也有放了學的小孩子。

朋友向小販買了一枝棉花糖拿在手上。「這時候的棉花糖最好吃。」他的棉花糖恰好指著遠處正發亮旋轉的摩天輪。我點點頭。

他還另外找了五六個我不認識的人，在隊伍裡我們自我介紹：你好。

「我叫鴨毛。」我說。朋友瞪了我一眼。我當然不叫鴨毛，但朋友沒說什麼。大家看起來彷彿熱切地想談些無關緊要的事情，我想是因為每個人心裡都很清楚對方的肚臍下方一塊膚色膠帶底正貼著十分鐘前在停車場分到的藥。

進場後我們輪流提著礦泉水瓶到廁所裡，我是最後一個。我蹲在馬桶上就著昏黃小燈將那藥放在手掌心翻來翻去，差不多時間了我便把它收進口袋，轉開礦泉水瓶喝了一口，然後跳下馬桶。

我已經不吃藥了，但我從沒讓人知道。我仍繼續參加這一類的遊戲，這才是最好玩的部分。

我打開廁所的門走出來時，他們換了一個看我的方式。那五六個我不認識的人現在用一種有祕密的動人眼神看我，也看著彼此。此刻真正的自我介紹才開始。在他們腦袋裡，感覺自己即感覺對方，我們即將共享一副身體，到達相同的境地。

遊樂場很大，我們漸漸分散開來。朋友說，不只我們，今晚在這遊樂場裡，會有好幾十個甚至是上百個跟我們一樣的傢伙。「去找出失散多年的兄弟吧。」朋友愉快地說。

我離開他們，獨自一人漫無目的地走著。我的手插在口袋裡，用指尖捏著那顆小圓藥丸。據說在我們出生的很久以前，這藥像抗生素一樣隨處可見，人們用它來暫時解決彼此之間的各種衝突，我們的祖父母們普遍迷信這藥能代他們教兒女學會如何健康平安地度過青春期。直到太多案例顯示它有可能致命，藥才遭禁。

我來到射氣球遊戲前面，站在那兒看一個爸爸替女兒贏一隻小熊布偶。女兒大概三、四歲，她仰著包子臉蛋張望，不似一般小孩多話，睜著圓眼，一下看著塞滿氣球的板子，一下看著爸爸手上的長槍，一下看著上方吊著的布偶，一下看著爸爸。她那麼小，她的注視就是她的全部。父親並不看她，他只是不急不徐地，砰，一下，砰，再一下，砰。長槍每發出一響，女兒便用力地眨一下眼睛。這對父女以一種和諧的光芒映照彼此，連槍都充滿了讓彼此放心的力量。

是爸爸嗎？他臉上微笑宛如真空管封存，無視身後沙沙唱著不成調兒歌的廣播與各式各樣旋轉輪盤的干擾。是嗎？是嗎爸爸？他用那微笑望了我一眼，砰。

我看看手錶，藥效發作所需要的時間因每個人的體質不同而不同。我試著回想那感覺：現在他的世界很平靜，女兒看著他，那眼神正是他需要的，距離與頻率皆如此恰當。氣球破了，就在他想聽見「砰」一聲的剎那，時間如此恰當，那響聲亦如此恰當，不強不弱。女兒恰當地眨了眨恰當的圓眼，老闆以恰當的姿態拿了恰當的布偶給他。恰當大小的布偶，那恰當的溫暖毛茸觸感，女兒開口叫了「爸——爸！」恰當的節奏，小手同時恰當地拉拉他的衣角，就是那塊地方，氣力拿捏也如此精準，這些都是他此刻需要的，一切正在發生的事都剛剛好極了。在今晚，「剛剛好」不再代表徒勞無功，不再是他每月底銀行戶頭與每晚上床前精神的零，那令人沮喪的原點，而是一種飽滿，一種事情發展至圓熟的豐潤狀態。

「很美妙吧。」我身旁有個聲音說。我轉過頭去，面前站著一對看起來像是情侶的男女。他們是朋友找來那五六個人裡的其中兩人，男的身材高瘦，戴著一頂棒球帽，上面有「ＢＲ」兩個英文字母。女的把頭髮綁成小甜甜的樣子，我記得在外面排隊等待進場的時候，女孩從頭到尾都把手插在男孩的口袋裡。

「嗯。」我點點頭。男孩伸出手來捏了捏我的肩膀。我厭惡不認識的人碰我，然而他相信我正與他感同身受。他正想像我感覺他此刻的觸摸剛剛好，或許他並沒有想像我的感覺，他只是覺得在這一秒裡碰我的肩膀是他所能做出最適當的行為，或許，他撫摸的是自己。無論出發點為何，我都應該接受，並與他一起對這一切感到再恰到好處也不過。

我沒有回手碰他。反正對他來說，我碰了與沒碰都會剛剛好。現在，那個爸爸瞄了我們一眼。在他眼裡我們三人年齡相仿，穿著一樣破爛的牛仔褲，允許彼此觸碰，我要怎麼讓他相信，此刻我與這兩人的距離比與他的距離還要遠呢？我要怎麼解釋，先生，我和你因未知而備感親暱？

爸爸牽著女兒走了。男孩沒有放開我，他的手仍抓著我的肩膀。我頭往後仰，閉上眼睛叫了出來。

——啊。

他們笑了，我推開他們，他們往後顛了幾步，跑開的時候我瞥見男孩跌坐在地上。我惹事了！我想，但一轉念我便不擔心，他們會感覺在那個時候就該挨那麼一推，跌那麼一跤。

我往遊樂場深處鑽，面對那些我一眼就知道吃了藥的人，我的態度毫不在乎。對待他們不需要禮節，不需要規矩，更不需要關心。他們很容易辨識，他們打扮，他們穿顏色相稱的乾淨衣服，有搭配的表情。他們是那些莫名微笑的臉，過度友善的臉，真空管裡的臉，百無聊賴卻滿足的臉。

而那些讓我無法一眼就做出結論的傢伙——通常是某種裡外不大搭調的人——特別引起我的興趣。與他們打交道有點像下棋，每個靜止的片刻都是一路明來暗往的總合，每個下一步都站在我對自己下下一步的想像上。有時候動作是推近結論的方法，有時候則反，但凡此種種都只能在回顧時得到證實。

廣播裡唱著一首我可以跟著哼但不知道名字的歌曲，每一個攤位掛著不同顏色的霓虹與字報，街邊的路燈柱身上綁著紙花串，垃圾桶滿了，鋁罐跳出來，滾進小孩的腳下。我坐在通往花圃的階梯上，人臉在我視野裡流動，像河一樣，從各個方向來，帶著各種角度：正寫、側寫、後腦杓，三十、四十五、六十度角、一只耳朵一道耳殼，他們順過彼此，像首美妙的華爾滋。我心裡有個模糊形象，一張我要的臉：厚而圓，粗眉，雙眼距離比一般人遠些，鼻翼寬而扁平，如刀片鋒利的薄唇。早上他的頭髮可以上油梳成西裝頭，頸子右側靠近鎖骨的位置有一顆咖啡色的平痣。他比較可能是個男性，但只要晃晃對得上我腦袋裡的描圖紙，他是男是女我不很在乎。

發現他的時候我慢慢地站起來，踏入人的河流。

我跟在他身後，他跟我差不多高，穿著白色上衣與牛仔褲，是女孩子，手上拿兩杯飲料。沒多久女孩與一個似乎是母親樣子的女人會合，女人身旁有個七八歲的小男生。他們三人坐在路邊的長椅上喝飲料，女孩對著女人說話，小男生不知道說什麼，他們都笑了。我遠遠看了一會兒，又找一塊階梯坐下來，將注意力轉回人潮。

這一次，看到他的時候我有點激動。他穿著黑色運動服外套與牛仔褲，是個男生，圓胖身材，不出十四、五歲，蓄現在男孩子流行的髮型，一個人，雙手插在口袋裡踱著步子。我站起來，跟他保持約三個行人的距離。他走得很慢，路邊任何一個攤位都引他駐足，但他只是站在後排或角落，眼神迷濛，嘴角微彎。有幾次我就站在他身旁，那麼近，當攤位老闆走到他面前，他的嘴往前努，彷彿要開口說什麼了，上下唇蠕動彷彿一枚巨大的活扇貝。在一個套圈的攤位前，他得扶著桌子邊緣才能跟老闆說他要買一籃圈圈。他丟一個圈圈費時十秒鐘，注視他像看按了慢動作鍵的電視機。

他丟完半籃圈圈，什麼也沒贏，所有圈圈都彈出線外。他停下來，好像檢討一樣歪著頭看那些擺在地上伸長頸子的禮物，每一樣禮物都用亮彩紙包得老緊。一旁有人套中一個，那人並沒拆開，只是興高采烈地拿著禮物走遠了。我跟男孩一起注視著那人的背影，心裡知道包裝紙裡是一罐飲料，這事我們從小就知道，走遠的那人也知道，但大家還是笑嘻嘻的。我回頭看著他的圈圈，他瞄準的是最遠最神祕的禮物。野心很大嘛，這傢伙，跟你的長相一樣。

我站到他旁邊，與他一起注視著那些禮物。「輕一點，」我看著禮物說：「稍微往上拋，讓它落下的時候盡量與地面平行，但不能太高，不然只要偏一點衝力太大就跑掉了。」他轉過頭來，第一次正眼看我。「嗯。」

他又丟了兩個，固執地瞄準最遠最神祕的禮物，這一次他動作開了，像一個跳芭蕾的少年，以右腳支撐自己，左腳向後一蹬，他的身體彈起，抬起下巴在攤子烈照下瞇眼，脆弱的喉管像隻鵝。空中的圈子穩穩妥妥地，其中一個差一點套住了他想要的神祕禮物，最後仍跳開了，什麼也沒有。突然他遞來一個圈，「喏，」他說：「給你玩。」我接過來，瞄準前排包裝好的飲料輕輕一丟，圈末落地他又遞來一個。

「你叫什麼？」離開攤位時我說：「我叫鴨毛。」

「大里。」他微笑。

大里。我重複一次。這時有兩個孩子朝我衝來，我閃過他們，大膽地順勢伸出手搭住大里的肩膀，他仍然看著前方，好像那兒有什麼了不起的東西似的。「你一個人來嗎？」我問他。「我有朋友。但是他們都去排摩天輪了。」「你不喜歡摩天輪嗎？」「我不知道。」

你當然不知道，大里，但我打賭現在你什麼都知道，你知道「我不知道」是最安全的回答。你真正不知道的是我。你血管裡流動的化學物質像一層濾光鏡，一片毛玻璃，今晚世界是朦朧的暖色。

我們找了一個無人的階梯坐下，「你幾歲呢？」我問他。「二十。」騙人，但我仍做了個誇張的驚訝表情，他低頭笑了。「你呢？」「比你老囉。」「這是你第幾次來玩呢？」他伸出左手比了三。「你喜歡嗎？」他點點頭。

大里生得真好，連那顆痣都沒有忘記。

他看著遠處賣棉花糖的小販，我站起來走到小販那兒，指著一枝橘色的棉花糖對著坐在階梯上的大里做了嘴型，他微笑點點頭。我掏錢給小販，拿著棉花糖往階梯上走。當大里的臉離我愈來愈近，我心中一股無名火起。

我坐回他身邊，把棉花糖放在膝蓋上。他沒有說話。「你很安靜。」我說：「沒關係，」我撕了一塊約手掌大小的棉花糖，「我來說，你聽就好了。」他愣了一下，隨即笑起來。

我緩緩把那塊棉花糖放在大里的頭上。他沒有動，彷彿某種漆黑圓眼的小動物，不太了解狀況，但已經準備要信任睜眼所看到第一隻年長的獸類。那縷橘色糖霜在他頭頂，像一片飄落的枯葉。「你還是學生吧？」我說：「十四歲或二十歲，你們都一樣，到三十歲也一樣，四十歲也一樣，統統會變成自以為是的敗類。」我後退一點，像端詳一幅畫作，流行的髮上戴著橘色棉花糖的大里，看起來如同垃圾一樣寂寞。

「好玩吧，」我說：「這麼說好了，你的未來——」我把手放在他膝蓋上，看著下面的人河：「已經在那裡了。如果你覺得這世界沒有什麼不對勁的話，你沒有，」我握緊拳頭，朝他的膝蓋用力敲了兩下。他很快地轉過頭看我。「你跟那些人就沒有什麼不同。你覺得這一切有什麼不對嗎？」當我看向他，他又避開我微笑起來。我用拇指與食指捏住他的大腿肉，大里的胖是實胖，我滑掉兩次才勉強捏住。我往逆時鐘方向轉了十五度，這動作讓我想起了所有可以調整的鈕鍵——那些他媽可以開開關關的機器。

「嗯？有嗎？」大里的頭動了一下，像是搖頭。

「接受，忍耐，」我說：「你告訴自己，這很正常，不要大驚小怪，你用功一個月，下一次考試進步了三名，你告訴自己，努力與收穫果然有關係。那些落後的人都是自己不努力的結果。」我掐著他的腿再扭了幾度，直到不能再轉。他的臉沒有什麼表情，這些傢伙，他們像草一樣。我放開手，他悄悄將腿往前伸了一點。

我知道大里清清楚楚地知道我在說什麼，那藥不會使人昏沉，也不會叫人失去記性。一切都沒變，唯有包括我在內的世界轉了個方向，成了與他舒服相偎的兩塊拼圖。

上禮拜大里在辦公室裡當著所有人的面叫我「廢物」，事實上，他削我一頓後告訴辦公室裡所有人我是「廢物」，隔壁的學長給我使了個眼色，意思是：「早跟你說過。」學長經驗長些，他挨罵的眼神是笑的，我當時腦袋隆隆作響，因為我想不透自己廢在哪裡，該做的我都做了，甚至做的比該做的還多。大里罵完後上去跟客戶開會，我對學長說：「有沒有搞錯？」

「沒有，」學長似乎覺得我怪可憐，他的聲音充滿同情：「他是老闆，你是他馬子。」

大里坐在我旁邊，表情變得傻呼呼地，「很厲害嘛你，」我說完覺得這句話好像哪齣劇或電影裡見過的台詞：「你也會來這種場合，這樣你可以告訴別人你試過，」我又撕下一片棉花糖，輕輕疊在他髮上的那片橘霜上。那片糖太大了，我撕下一半放進自己嘴裡，棉花在我舌上溶化，說話的時候舌頭在嘴裡移動，一碰就甜。「你以為你知道自己在幹嘛，所以那些上癮的人都是沒有自制力的笨蛋，啊？」

我用肩膀用力地撞他肩膀。他重心不穩往旁邊倚，但馬上又手撐地緩緩坐正，像個不倒翁。「你是個胖子，你知道嗎？好胖，死胖，遺傳啊，遺你媽，喝水就會胖，才怪。你跟朋友出去都不說話對不對？你不說話因為你顧著吃，這就是你缺乏自制力的證據，」我伸手用力捏住他肚子上的肉：「你跟他們都一樣。」

遊樂園裡人似乎變多了，我們坐的地方往下看有個擂台，主持人是個年輕女孩，穿著縫滿亮片的緊馬甲與層層堆疊的蓬紗裙，她的長髮往上攏，我不知道她怎麼弄的，像一條流進天裡的瀑布。瀑布底是她立體的臉，雙眼像深潭。她的笑大而露齒，公司的大里也會那樣笑，讓人不知道爽成那樣是幹嘛，像明星賣家電，我從來學不會那種笑容。遇到大里前我站在擂台下的觀眾群裡看了一會兒，任何人都可以拿錢與她對賭，讓她猜你的年齡或體重，猜對吃顆糖，猜錯賠雙倍，你得容許她正負一的誤差。我看了五個挑戰者，全都摸摸鼻子拿著糖走了。一位非常瘦的女士被同伴拱出來，半推半就地拿出五十元讓女孩猜體重。「哇，姐姐，你好瘦喔！」女孩伸手將女士拉到擂台上：「你都吃什麼，偷偷跟我說，這樣我就不必穿這個遮大屁屁了呀。」女孩一邊說一邊轉身跳著舞似地翹起蓬蓬裙底下的臀部頓點一下。觀眾笑起來，本來有些錯愕的非常瘦的女士也笑了。「嗯……」女孩一面沉吟一面往後退了兩步，她在擂台上移動的方式都像一種舞蹈，那是一種表演，經過精密的算計，讓人以為她正自得其樂。女孩從馬甲包裹的豐滿胸脯裡拿出一枝粉筆，轉身兩側翻一空翻，停在擂台上一塊大黑板的左方，配合熟練的步伐，圓滑地寫下「36」這個數字，接著畫了一個大大的驚嘆號「！」。「三十六公斤！」女孩開心而大聲地說。擂台後有人正配合播放音效：密集的鼓點、鈸響、管風琴彈奏半音音階，這些充滿舞台效果的樂音在適當的時候給人熱鬧、懸疑、歡樂與不祥之感。非常瘦的女士看來不太清楚自己現在的體重，她只是望著女孩表演，彷彿自己還在觀眾群裡。女孩親熱地將女士推上黑板旁的大秤。我第一次看見那樣古老的秤，旁邊擺了許多沉甸甸的砝碼盤。女孩扛起一個一個的圓盤往上加，十公斤的三個，五公斤的一個，最後一公斤的砝碼盤她加了兩個，指針喀一聲砍在刻度上，女孩誇張地張大眼摀著嘴看著觀眾，觀眾笑了，女孩手插腰，搖搖頭，將兩個一公斤的砝碼盤一起取下，指針又喀一聲往上頂。女孩搖搖頭，跺了一下腳，只拿起一個一公斤的砝碼盤，她用雙手高舉那個砝碼盤，像展示一樣地掛上，秤針緩緩往下降，在半空中停了，黏著了，不動了，平衡了——三個十，一個五，一個一——三十六！觀眾拍手，站在秤上的非常瘦的女士服氣地拍手，使得指針上下瘋狂敲著刻度表。

我看了五個挑戰者，相信這不是設計好的表演。我觀察女孩使用的方法，發現一些重複出現的動作：若猜體重，她一定會找機會碰碰挑戰者，有時是手腕，有時是肩膀，我想她必須估算骨架大小，有些人骨細肉多，有些人皮薄架寬，她碰他們的方式隱而不意，同一時間她會將所有人的注意力導向她與觀眾的互動。如果猜的是年齡，她會當著觀眾的面與挑戰者聊兩句，多半是你從哪裡來玩呀，今天工作累嗎，你跟誰一起來呢，我想她得先估挑戰者的職業，家庭狀況，居住地與職業有些關係，年齡多少決定一些職業高度，而職業又與你老化程度有關，聊起家庭也是一樣的邏輯，當然挑戰者可以選擇不回答。

我很滿意自己的觀察。我對不理解的事情有好奇心，想找出值得的道理來，這種好奇心給我惹了許多麻煩。一開始大里要我跟著學長學習，學長比我早兩年進公司，仍需要我幫他修改他寫的企劃書。光分內事就要他的命，學長對分外事是一點興趣也沒有，但我想那便是大里要我跟學長學習的地方。大里不下一次說我多事，例如發現我幫學長修改他寫的企劃書時。總之只要沒人知道線頭在哪，大里對這部門便覺滿意。學長也沒有因為不多事而獲得較多關愛，每個人都挨罵，但只要有班可上，那些棒槌一樣的難聽字眼對學長來說不痛不癢，彷彿他已經將自己調整到值得那聲罵的狀態，所以兩方都沒有踰越什麼。撇開這些不談，工作本身還滿有趣，但話又說回來，驅使我一直找罵挨的也正是那趣味。

我捏著十四歲大里的肚子，大里看著下方的擂台，「你幾公斤？七十幾？八十？」我問他。「不知道耶，」他說。我用力地轉了手腕，「哎喲，啊……」他小聲地哀叫：「好像五十多，」多多少，我問，「五十六吧。」大里說。比我還輕，「哈！」我笑起來，顯然那藥也不會使人誠實一點，也許大里覺得現在說出五十六公斤是最適當的——完全是個成熟騙子的質地。

「死胖子真了不起，」我說：「這種話你敢說我還不敢聽。」說完我又覺得這句話滑溜溜好像什麼電影裡的台詞。我舉起手甩了大里兩巴掌，大里本能地往後退，嘴角還是笑，好像我在跟他鬧著玩。明天大里不會覺得有何不妥，即使他發現腿上有塊瘀青，雙頰腫了兩倍，也會對自己說「昨晚真瘋，不過反正好玩嘛」。好玩嘛，想到這我又巴了他頭兩下。平時我是絕對不會做這種事情的，但我的手毫不羞赧，看見他那張理所當然的臉，我又不知是拳頭還是巴掌地補了一記。

大里現在眼中的我是一隻反常具有攻擊性的巨大樹懶嗎？然而我馬上又想起那感覺——不是幻覺——他眼中的我就是我，巴掌就是巴掌，問題是問題，回答是回答，他只是溫柔地接納了自己引來的一切，像剛產下一個新世界的母親。

「起來，胖子，」我拉他：「我們去走一走。」

大里跟在我旁邊，他的顴骨逐漸變成粉紅色，棉花糖霜不知怎地黏在他髮上沒有掉下來，讓他看起來像個戴著橘色髮帶，興高采烈的胖女孩。我們隨著人潮來到一個改裝過的大型倉庫，門口有殭屍、腐人、吸血鬼與看起來想扮成變態殺人魔的傢伙。

「一人一次五十元。」殺人魔說。

我付了錢，讓大里走在我前面。漆黑的鬼屋裡我們只能看見光引領我們看見的東西，那些展示物：玻璃窗裡的頭顱，著白袍的男人在籠子裡的手術檯上肢解人體，蛇一樣嘶嘶作響的乾冰，突然機械式轉身的女子。現場遊客疏落的尖叫與屋內播放的音效輪唱。這真是蠢透了，我努力回想小時候覺得這一切很可怕的心情，我曾經懷抱著畏懼心與一個女孩一起進鬼屋，然而在伸手不見五指的空間裡，她拉著我的衣服走在我後面，只要有東西動起來，她的胸脯便輕輕貼上我的背。我直起脊梁，女孩柔軟的乳房像海綿一樣吸乾我的恐懼，讓我長高了好幾公分，那一次一直到看見出口前我都在期待，來吧，什麼東西都好，動一下。

我們跟著路線走進一個無光的房間，地上全是泡綿，設計者大概認為只要人們無法穩穩地踏在堅實的地面上，恐懼便會油然而生。當時我已經開始揍大里，在密室中我從後面抱住他，拚命把拳頭送進他肚子。大里的肚子有如泡綿，我期待碰到什麼堅實的東西，肋骨，任意門，什麼都好，但沒有，我的手彷彿可以穿透他，有好幾次我甚至感覺我揍了自己。四周黑得一如公司暗房，我出拳不止，像用手在奔跑。大里偶爾發出悶哼，很舒服似的，我都羨慕起他來了。

我與大里一起滾倒在泡綿裡，我掙扎著搶他一步站起來，拉扯他的衣服，附在他耳邊從牙縫中擠出「站好」兩字，然後再把他揍倒在泡綿裡。這樣重複幾次後，我們踉踉蹌蹌地走完那個房間，門大開，黑夜星空，路燈讓倉庫後方的砂礫像碎鑽地一樣發亮，大里被我推倒在出口旁邊一個小沙丘上，我手插口袋站在那兒用兩隻指頭摸索那顆藥丸捏緊，用力吸一口冷空氣，噴出白霧。

「喂，你，」不遠處有兩個人蹲在倉庫牆邊抽菸。「你跟我們一起進來的嘛。」是朋友的兩個朋友，我舉起手向他們打招呼。儘管我現在感覺還不賴，卻一點也不想跟他們傻笑然後互相觸碰說「對呀真是美妙」。我拉起大里，回到遊園的道路上。在人潮裡大里看起來更腫了，他眼神飄忽，偶爾注視著遠處，我循著他的視線，發現了他祕密的愛慕。

我把大里推上擂台，拉扯的過程中大里第一次暗中抗拒我，但我笑嘻嘻地收下他頂撞我的手，與他勾肩搭背像是一個瞎鬧起鬨的好哥兒們。不斷有遊客聚集過來，他們臉上帶著一種樂觀其成的表情。我給了女孩一百元，要她猜大里年齡。女孩把一百元塞進馬甲裡，伸手將大里牽上擂台，大里在她手裡像迷你馬一樣溫馴。

「先生怎麼稱呼？」女孩問。

大里沉默了兩秒。「徐大里。」

「今天從哪裡來玩呀？」女孩又問。

「大里。」

我得抿著嘴才不至於笑出聲來。

女孩戴上她大而露齒的笑容：「歡迎！」

「今天跟誰來呢？那位是你朋友嗎？」女孩模糊地指著我這個方向。

大里遲疑一下然後點頭。

我搖頭。

擂台後方傳出密集的鼓點，女孩要猜了，她在黑板上寫下數字，鼓點戛然而止，她轉身面對我們大聲說出答案，聲音甜美清晰，一個音節一個音節進入每一個人耳裡。

「二十，」女孩說：「大里你今年二十歲，對不對？」

大里的顴骨更紅了，他點點頭，觀眾鼓譟起來。女孩咧嘴笑，舉起手，四周靜下來。「當然我們還是要證明一下，」女孩挽著大里說：「身分證可以借大家看看嗎？」

大里緩緩從牛仔褲後方的口袋裡抽出皮夾，選了一張小卡交給女孩，從頭到尾他的視線沒有離開過女孩的臉。女孩蹲下來將小卡交給台下最近的觀眾檢查，那位先生看完之後點點頭。

怎麼會！我擠到台邊，女孩已經將小卡收回，大里轉過來看著我，那笑容跟女孩的一模一樣。我感到自己雙頰漲紅，舉起手示意女孩過來，塞給她另一張一百元，「猜他體重，」我說。

女孩向我眨了把眼睛，「沒問題。」她說。

大里再次咧嘴嘻嘻笑看著我時，他正站在掛著七個砝碼盤的古秤上。

「五個十，一個五，一個一——五十六！」女孩開心大喊。我以泉湧而出的憤怒拍打手心，觀眾發出佩服的驚呼。顯然擊掌不夠疏通我的憤怒。

我帶大里回到鬼屋，又付了殺人魔一百元，大里說：「這個玩過了耶。」

我沒有理他。沿途的黑色滋養我的力氣，我的指甲將口袋裡那顆藥丸碎成細粉微末，在那個充滿泡綿的密室內，我用鑰匙圈上的小瑞士刀尖刺進大里腹部，拔出再刺，拔出再刺，我一直重複這動作，最後我將他留在那兒，從後門溜了。我找到公共廁所洗手洗臉，獨自在遊樂場裡晃了一個小時，其中幾次遇見朋友與他的朋友，他們看來依然百無聊賴又滿足。一開始吞的那顆藥藥效再怎麼說應該過了，他們一定吃了第二顆。我一面試著想像他們現在的感覺，一面在警衛室附近踱步。

最後我走進警衛室，告訴他們鬼屋裡有人受傷，「什麼意思？」他們問。「我不知道，」我說：「最後面那個黑黑的房間，我好像踢到地上有人。」他們不准我走，封了鬼屋，打開大燈，在出口前的房間裡找到瑞士刀與一串鑰匙，接著清出遊園指南、垃圾、眼鏡、髮帶與兩枝卡在泡綿裡完好如初的糖葫蘆。「那是我的。」我指著鑰匙與瑞士刀。「你在耍我們嗎？」他們惱怒地問。我搖頭，發誓自己真的踢到東西，還聽見人的呻吟。殺人魔證實我與一個男孩一起進了鬼屋兩次，「沒發現什麼奇怪的，」殺人魔聳聳肩：「他們看起來感情不錯的樣子。」

「你朋友呢？」他們問我。

「回家了吧。」我說。

「這大概是今天第十個了，有沒有，」他們說：「明明說那藥有可能致命，怎麼這些不要命的傢伙都沒死啊，跟蟑螂一樣。」然後他們開始揍我，小小的，這邊一下那邊一下。

我站起來告訴他們我早就不吃藥了，而且我可能殺了人。他們只是大笑，直到我不太確定自己究竟說了什麼。

The Case

費怡在廚房接到安珀電話時，手上正在煮義大利麵條。「你現在可以說話嗎？」安珀問。

「嗯。」費怡說。另一端人聲吵雜，安珀英文說得又快又糊，費怡想安珀應該醉了，吐出的字被她在外頭特意浮誇的聲頻上下推開，費怡聽不清楚安珀在說什麼。但她知道安珀正問她是否可以說話，這已經是公式。再來安珀會說「你一定不相信……」

「你一定不相信，」安珀說：「嘿，費怡，費怡，你在嗎？」

「我在聽。」費怡說：「嘿，安珀，你可以說大聲一點嗎？」

「抱歉各位，這裡有位女士要去盥洗室！」安珀大聲地說，然後又是一陣抱歉聲，突然間嘈嚷的人聲不見了，像啪一聲轉熄一盆爐上沸水。費怡想像安珀關上了女廁門，話筒裡昏黃薰臭。

「費怡，喔，費怡、費怡、費怡——小卡奇剛打電話給我，他說要兩個敢玩又，唔，不怕死的女孩，你聽到了我說的嗎？不怕死的女孩，嘶——其中一個得要是亞洲女孩，就一晚，你知道對方給多少嗎？我的天啊！不可思議！」安珀大呼一口氣，然後給了她一個數字。

「小卡奇說他的份也要加倍，我叫他去幹自己。費怡，喔不，嗨，金，」安珀笑起來：「我叫小卡奇跟他們說你叫金，他們要亞洲女孩，韓國女孩，我說你叫金，安珀與金，哈。好姐妹。」

「什麼時候？」

「明天晚上。莫什麼時候會來？」

「禮拜五。」

「好，我得走了，喲呵！我的天啊。明天見。」

「明天見。」費怡說。

費怡把義大利麵瀝乾，打開微波爐拿出熱好的香菇炸醬，先倒一點炸醬在大圓玻璃盤上。她在廚房中央的流理檯上做這些事，頂上的吊燈靜靜地發出色暈，熱燙炸醬吐出的煙霧一點一滴吃掉玻璃盤底下的暗光，她將義大利麵篩進圓盤，疊在已經盛入的炸醬上。剛煮好的義大利麵滑溜充滿彈性，她將幾根滑出盤緣的麵條撥入，把剩下的炸醬淋在上頭，她拿來湯匙將醬鋪勻，接著又加上叉子開始拌義大利麵。叉匙碰撞，攪動的黏稠肉燥與爽脆麵條發出微弱的啪答聲響，一小滴肉末濺到她的手腕內側，她舉起手舔去肉末。

她做的每一件事都讓她想到性。

費怡將盤子端到客廳配電視吃，深夜新聞剛開始，她專心地吃麵，但一則則新聞仍一字不漏鑽進她耳裡。陌生的單字扣著熟悉的單字，句子像一列列急駛的火車車廂，運來了戰爭、英勇的傷兵、醫療新制、法案攻防、連續殺人、車禍、圖書館館員閒暇時幫忙修理別人捐出的舊電腦送給貧窮社區的小學生。

費怡的英語每天都在進步，但是她話愈來愈少。她已經不再是一個外國人觀光客，她在這裡度過四季，鄰人也開始與她聊起天氣變化。初來乍到者能有的天真逐漸讓她感到難堪。費怡可以嫻熟地操縱語言，卻跟不上羅織在語言裡的性格，像一個語言的暴發戶，擁有愈來愈多的資產，卻愈不知道要怎樣花用。

她想著剛才電話裡安珀說的一句話，安珀說「girls who don't fear death」，不怕死的女孩，說完還開玩笑發出打顫的嘶嘶聲。這種事對她倆來說已見怪不怪：不怕死的女孩，嘶——事前客人的古怪要求在安珀嘴裡都成了玩笑的機會，辦事時約莫也是這模式。

費怡看過安珀將不知道是誰的大便抹在胸部上然後自己舔掉，那一次後來安珀把自己關在廁所裡整個晚上，誰知道她還吃了什麼。安珀金髮綠眼——據說傳自她百年前漂洋過海來到新大陸的愛爾蘭祖先——人也很熱情，對此安珀自稱為「本地人的天性」。費怡覺得無所謂，需要的話吃點大便也沒關係。她唯一要求是不見血，外傷不好隱藏。以她的身體來說，紅腫與瘀青最少需要三天的時間才能勉強以遮瑕膏蓋起，她得計算前夫帶孩子來找她的時間。

不怕死的女孩，費怡想。不是頑皮，不是好色，不是虐，而是不怕死。

從沒聽過這說法，還滿有創意的。費怡覺得自己似乎也不害怕真的被弄死，她倒希望誰來掛掉她，因為她自己太膽小。但其實那些人跟她一樣膽小，費怡知道他們，因為她也是他們。

傍晚安珀開車來接費怡。「嗨，金柏莉。」費怡打開車門時安珀說，說完自己咯咯咯笑起來。費怡跟著笑，像對安珀一直以來照顧她的報償。費怡不知道哪裡好笑，韓國人叫金，中國人都會功夫，那些關於刻板印象的笑話。不只安珀，許多顧客在辦事時也會來個一兩句，你果然好緊啊，我的亞洲小寶貝，你一定沒看過這麼大的屌吧。

是你還是你們？費怡想反正都一樣，愈異之地界線愈清明，日裔區，寮裔區，西裔區，非裔區，高級區，貧民區。也許對面前這人來說她就是他一生中唯一接觸過的亞洲女孩，你就是你們。進屋來，把禁忌與尊嚴一起留在黑暗的大街上。費怡不能選擇只賣一樣，當她褪去衣物剩下細眼黑髮與貧乳，她也一併賣掉整個亞洲。

安珀稱每一次交易為「case」。這字費怡很早便認識，國中的英語教科書列為常用單字。費怡剛畢業時進入一家外商公司，裡頭的人也習慣混著用。老闆說，這個case很重要，要細心一點。同事說，這個月case多，趕case趕到快發瘋。

安珀說，This case saved my ass. I mean it. I am not kidding you. 這個case救了我的命，我是說真的，不是開玩笑。費怡知道安珀有許多問題，安珀有癮，還有個一樣有癮的男友，永遠都在需要case救命的狀態。安珀不了解費怡接case的原因，因為安珀進屋後什麼事都做得出來，私底下卻叫每一個顧客「變態」。不過她倆相識至此早過了問「為什麼」的階段，如今安珀已經不再問費怡為什麼要接case。

她們往市區開，安珀說，我們得換車。費怡點頭。

她們將車子停在市區一間超級市場外的停車場上。一台長型禮車來接她們，密閉的車廂裡她看不見窗外也看不見司機，車子很穩，但費怡感到坡度。安珀開了後座冰箱裡的香檳。喝一點吧，安珀說，上工前輕鬆一下。

她們幾乎快喝完一整瓶香檳，車子停了下來。開門的是一個穿著西裝的中年男子，費怡跟在安珀後面下車。一出車外發現天完全暗了，看不清楚遠方，聞起來是山上，野外露水的濕氣讓她起了小小的雞皮疙瘩，面前的建築像一幢古堡，四周打起的燈在黑夜裡描出房子的輪廓。費怡看到落地窗後簾幕透出昏黃光線，那簾幕動了一下，顯然有人正等待她們到來。小卡奇在收到安珀暗中撥出的鈴示後回電。「我們剛到。」安珀接起後對著話機說，壓低嗓子放慢速度，提醒顧客她們也是有影子的人。

中年男子與她們握手。費怡與安珀都握了，安珀一直趁那人不注意時睨著費怡偷笑。他向她們自我介紹為律師，艾倫·納利普先生，負責這案子所有法律相關的部分。說完後納利普先生帶她們走上石階，安珀轉頭誇張地對費怡做了一個「what?」的嘴型，費怡向安珀聳聳肩，她注意到納利普先生也用了「case」一字。

替他們三人開門的是一個紅髮女人。叫我莉莉絲，紅髮女人說，她穿著剪裁合身的套裝，費怡猜莉莉絲約莫六十歲，保養得非常好，要說四十來歲也可以。謝謝你們來，莉莉絲說。

費怡以眼角掃向安珀，安珀不笑了，她看得出來安珀有點不安。屋裡很安靜，大廳挑高二樓，一進門便可以看到三件式的大型沙發，屋梁頂垂掛的吊燈與落地窗前的鋼琴。客廳沒有電視也沒有相片，刻意整理過地空曠。鋼琴底下的灰色長毛地毯裡一個鮮豔的東西抓住了費怡的視線。請跟我來，納利普先生說。他帶她們走過長廊，費怡遠遠發現原來是一顆桃紅色的卡通海灘球。那種小孩玩的，塑膠材質嘴吹的廉價海灘球，半洩了氣，軟攤在屋角鋼琴的腳踏板下。廊底有大理石製的半圓形扶手梯，她們跟著納利普先生上了二樓。費怡沿著冰涼的梯子繞，在最後一階上，她瞥見莉莉絲站在她們進門的地方，側過身去以指頭按壓自己眼角。

納利普先生在一扇門外停了下來。

「進門的桌上有袋文件，裡頭有詳細的工作指示與合約，以及一半的酬金。你們得先讀完指示，在合約上簽名，才能開始工作。房間裡裝了攝影機，我會在另一個房間監看你們，工作完成後我會把剩下的錢交給你們。

合約旁邊有隻電話，有任何問題可按『1』與我對話。」納利普先生說話的口吻像個機器人，費怡覺得他對她們根本不感興趣。納利普先生在工作，她也在工作。費怡試著想像他們不工作的時候相遇會是什麼樣子。納利普先生說完便離開了，留她們兩個在那兒。

腳下還是一式的灰色長毛地毯，費怡著高跟鞋的腳板也感到溫暖。

「我不想這麼說，」安珀噓聲：「可是這地方真詭異。我寧願看到一群毒蟲律師或老同性戀女人的性派對。」安珀將耳朵貼向門板：「什麼都沒有。連個他媽的吸鼻子聲都沒有。」

費怡對安珀微笑。安珀給她一個「你居然還笑得出來」的表情。費怡伸手開門，安珀跟在她後面。

一股淡緲的苦味隔離內外，費怡彷彿打開一扇白色大門。她經過門口放著牛皮紙袋的小桌，一步步走進房裡。安珀沒有跟上來，費怡聽見身後有紙袋開啟的窸窣聲音。空氣中還有一串微弱的響聲：嗶。嗶。費怡往房間中央走去。

一張大床，幾乎可容三個人平躺。床中央隆起一小丘。費怡正想走近時，安珀喊她。

「我們得先簽這些文件，」安珀看著手中的紙：「金！」安珀還是噓著聲音說話，房間裡太安靜，那味道讓她們不由自主捏著鼻息。費怡回到門口的小桌旁，安珀把其中一份文件交給她。「上面寫什麼？」費怡問。

「都是字！文件！我真不敢相信，」安珀搖著頭說：「他們應該高興今天來的不是貝嘉與琴。」費怡見過貝嘉幾次，貝嘉去年剛從波多黎各搭船來；琴則是個幾乎不說話的亞洲女人，因為她不說話，所以也沒人知道她從哪裡來。「上面寫什麼？」費怡問。

「所以我們必須提供舒適的性服務給床上那位處於疾病末期，括弧，非傳染性疾病，的先生，這是他生前預囑的一部分……等等等等……總之這位先生快掛了，無法性交，但還是想要爽一下，這位先生的生前預囑在律師與家人的見證下已經啟動，我們的行為與其所造成的結果都在法律保護之下……」安珀迅速地翻到最後一頁：「簽吧。」

「你難道不想先看看『這位先生』嗎？」費怡對安珀說。

她們一起走向那張大床。除了進門小桌上的檯燈之外，室內只有床頭一盞立燈亮著，安珀的呼吸聲與空氣裡的嗶嗶聲響恰巧同拍。

她們就著立燈看見床上的人。那是一個穿著浴袍的老人，枯瘦的四肢從白棉袍底下掉出，老得讓人第一眼幾乎無法分辨他是男是女。費怡驚訝人老到一個地步，髮稀皮皺連性別都不見，她甚至覺得他可以是白種人也可以是黃種人。要不是呼吸器上均勻出現的薄霧與旁邊機器傳來穩定的嗶嗶聲，費怡甚至無法確定他是否還活著。九十歲？一百歲？或許更老？她不知道，但那些數字還有什麼差別呢？

安珀臉上出現嫌惡的表情，只有一瞬間。她顯然記得納利普先生在暗處的眼睛。「所以？」安珀看向費怡。

「簽嗎？」費怡問。

「為什麼不簽？」安珀說：「我看過更糟的。」

費怡不知道安珀口中所謂「更糟的」是什麼，她想起她們一起接過的case，也許安珀指的是那些她曾經抹在乳房上吃掉的稀屎。然而在費怡看來，沒有什麼比眼前這個皮囊還難了。這不是遊戲，不是無聊有趣的胡鬧實驗，不是窒息，綑綁，扮演，這甚至不是性，她可以想見接下來要發生的事不會有性那股獨特的，作態的歡愉，房裡的世界遠超出她的腦袋，費怡覺得自己正踏入一塊未知地。

費怡與安珀回到門口的小桌上，就著檯燈大略看了一下合約。她們提供的服務包括觸摸及親吻全身。動作必須小心輕柔。如果床邊的生理監視器上心電波律出現任何變化，或經監看人——納利普先生——認可後，服務即可終止。她們簽名的時候安珀低聲說：「噢，我恨有錢人。我恨他們。」

她們走回床邊，安珀開始褪去她的短洋裝。費怡不知道安珀這麼做有何意義，老人垮著薄可辨血管的眼皮，眼角混濁根本不見一物。費怡站在那兒看著安珀解開胸罩，雙腿微微互掩向前傾身以指頭勾下內褲，動作緩慢圓滑。安珀將脫下的內褲套在指尖上，輕輕舉起，優雅地放在床邊的地板上。費怡突然了解安珀在表演，安珀相信真正的顧客是黑牆裡監看的眼睛：納利普先生與莉莉絲與其他，他們。安珀相信這是有錢人的變態遊戲，安珀不問為什麼。安珀沒有看見莉莉絲最後一個表情。

費怡也不問為什麼，於是脫了衣服。

她們倆光著身子爬上那盒子般的三倍寬特製病床，床架因為重量增加嘎嘰叫了兩聲，費怡與安珀各臥老人一邊，她們的身體在被褥上沙沙移動，床邊生理監視器持續發出穩定的嗶聲。

「來吧。」安珀看著老人說：「先生。」

她們一起解下老人的浴袍腰帶，拉開兩片前襟。老人赤裸的身體攤在她們面前。不服老的老人費怡見過許多，然而枯朽至此她是第一次見到。眼前這副身體與死亡的關係就像煙與火，果與因一樣自然直覺。老人非常瘦，他的皮膚乾皺窘癟，貼著突出關節與骨頭彎曲的部分。他的喉頸宛如病雞的肉垂，薄皮折起堆積。費怡突然有個錯覺，彷彿他口鼻上的塑膠管子作用是將體內的氣體抽出，她想到市場真空包裝的肉骨，她與安珀沒人伸出手來。費怡眼神下移，磨蝕掉的肌理使老人的胸膛成了兩個失去支撐的肉袋，大小有點像剛發育的少女，然而質感蒼白粗糙，淡金色的細毛與淺褐斑點淹沒了老人的軀幹，她幾乎找不到那隱匿的，粉紅色接近肉色的乳頭。費怡的視線拂過老人清晰可見的隔膜，越過隆起的小腹，上頭肉紋崎嶇，彷彿一張可解的地圖。然後是老人的陽具。老人有一根與他此刻身體不成比例的陽具，頹軟垂向一旁。男人的陽具不使用時像個小老頭，床上這男人的身體卻老過了他的陽具。那陽具長在抽縐摺曲之間，反顯得光滑特出一如新物。陰部的毛髮比起軀幹上的要濃密一些，他乾柴棒似的雙腿與身體其他部位一樣布滿了皺紋與淺褐色大大小小的斑。

費怡挺起上身，跪坐在老人身旁，拉起他懸薄的手，輕輕將嘴唇蓋在他的手背上。費怡開始舔起老人的前臂，一口一口，細白的沙塵皮末嚐來味苦，一股微酸的悶臭鑽入她的鼻翼，她才發現自己爬上床後便不自覺屏著鼻息以嘴呼吸。舌尖推過紋路轉澀，老人乾燥花駁的皮膚在眼前如旱地龜裂開，費怡得不時潤澤自己雙唇，親著手肘，膀子，安珀也一樣，她們各抓著老人一邊的臂膀像兩隻餓鬼，咂嘴泌出唾沫流得一身都是。

費怡領著老人的手掌覆蓋自己，繭的粗糙感在她乳房上清晰易辨，她感到自己身體的肉嫩。費怡的親吻行到手掌時發現老人靠她這邊的手少了兩根指頭，皆從第二指節斷起，斷面的疤糊了，長出皺紋，自然得彷彿指頭只是因疲勞而向內蜷起。費怡捧著老人斷指的手呆了半晌，一回神忽覺在這張床裡似乎動作停止時間也停止了，她趕緊傾身親吻老人胸膛。她親吻著，不著痕跡地貼上側臉，但耳裡除了嗶嗶的儀器響聲，便是安珀滋滋的吸吮聲。費怡慌張地看向老人嘴鼻，只覺塑膠罩管上的淡霧散去了，澄淨了。費怡轉頭看安珀，安珀伸過頸子來吻她，費怡記起安珀在表演。安珀認為顧客喜歡看她們親吻，她便吻了安珀——一個虛假濡濕的吻——費怡才發現自己需要這樣的吻，安珀的表演之吻讓費怡感到安全一些。

表演是工作，表演是生活。老人捏出細眼黑髮與貧乳，說，讓這個case有韓國人，就有了韓國人；讓這個韓國女孩不怕死，就有了不怕死的韓國女孩。費怡無從得知老人是什麼人，她的疑惑沒有力量，老人無須對她交代。

費怡不怕死，這邊，那邊，她以為每一天她都更加接近自己的死亡，她不怕自己死去。一部好萊塢電影裡，芝加哥黑幫誤殺了人，之後整齣戲無論是黑道老大小弟或警察，所有人嘴裡都只剩下「那個日本人」。你有沒有幹掉那個日本人？誰叫你幹掉那個日本人？我他媽不小心幹掉一個日本人。日本人還沒死的時候有個名字，片子結束後費怡記不起來。在異鄉死去的人要死兩次，首先他死了，然後他的名字也死了，反之亦然。費怡以為自己不怕無聲無息死去，而這case不只。

她們移到老人股側，安珀伸出手握住老人的陽具，張開嘴湊上。費怡一面撫摸老人，一面看著這幅景象：安珀白滑的背脊横在老人軀幹中間，兩人彷彿啦啦隊排列出人體T字。費怡低頭俯瞰安珀小小的金色髮旋馬達似地狂轉，手腕在困難的一套一弄中肌脈浮現，老人的陽具沒有反應。安珀在那團肉上使盡各式招法，許多安珀曾教她並眨眼笑說會「讓他們爽到認不得回家的路」的技巧都進入費怡眼裡，然而在這個case裡她倆成了無用性愛的暴發戶，那陽具在安珀嘴裡像一塊溫軟的麻糬。費怡看著安珀突然害怕起來，安珀鬆開嘴抬起頭，輕輕觸碰費怡的手。

停了。

費怡趕緊俯身含住，在性中有了想哭的感覺，費怡希望自己能像安珀一樣專心，她試著想像納利普先生在暗處的眼睛，但與納利普先生的短暫交談讓她直覺他並不樂於監視這個case，也許他會在隔壁房間的螢幕前因勃起而感到屈憤羞恥，也許老人的身體令他心驚，他正轉開頭去。費怡試著想像莉莉絲的眼睛，卻想起她按著眼角別過臉的模樣。費怡感到老人更皺了，顏色更深了，費怡伏著的乳頭輕輕磨蹭老人的腿側，溫度也暗下來。

韓國女孩。為什麼？費怡望向床頭，老人雙目合攏的頭顱看起來像一個蓋得緊緊的，遺失鑰匙的舊鐵盒：你曾經對韓國女孩有祕密的想像？你曾經愛上韓國女孩？曾經有韓國女孩傷了你的心？還是你曾經參加戰爭，在遙遠的東方有著不為人知的祕密？

費怡的嘴裡滿是安珀留下的黏涼唾沫，有時候那肉在她舌抱裡抽跳一下，但馬上又發現是錯覺。費怡想著口中這老人，無可避免地在自己有限的世界裡尋找立下這般生前預囑的邏輯，因此費怡感到惱怒：多麼卑鄙！這是一個無行動能力的傢伙，行使他在還能行動時所預支的一點能力，他希望她掛掉他，他才是她的妓女——這一秒鐘費怡竟嫉妒起這老人，舉止散漫分神，她不想稱他的意。但她不敢完全停下來，床上的時間得靠她的動作啟動。快過去吧，一想到這兒她又賣力地舔著，希望那嗶嗶聲能突然改變節奏。費怡在兩思緒間來回，時而欲振時而乏力，狗一般叼塊冷肉無止境地五十公尺折返跑……多久過去了，費怡的精神極度疲累，一眨眼有淚順著輪廓滑下。

費怡已經很久沒有流淚，雖然她無時無刻不想哭泣。孩子出生時她學會他哭了要抱他、餵他、或是替他換上乾淨的尿布。但有那麼些時候，當乾爽清潔的孩子在她懷裡聲嘶力竭地哭號，吐著小舌閃躲她的乳房，費怡只能瞪著他毛軟的頭顱。費怡覺得很抱歉：眼前這個小小的人與他小小的鐵盒，他的需要已大於三，無論他還需要什麼，他需要被了解，哭泣是他唯一的語言。

如今費怡能說大於三種的語言，包括哭泣，然而幾乎再也沒有人因為無法了解她而感到抱歉了，感到抱歉的人大都自以為了解了某些事情，但情況是，許多時候連她自己也不知道為什麼要說某些話，做某些決定；為什麼在這裡，為什麼哭泣？

床上的老人長出了皺摺幾乎覆去身上原有標記，如同一張新的身分，他沒有辯解也沒有批評，不愛慕也不輕薄；不高潮也不忍耐，不推延也不努力。僅存的線索化成文字躺在門口的小桌上，他躺在床裡一聲不吭。為什麼她仍要對他感到好奇？憑什麼？

安珀見費怡掉淚，趕忙倚身摩娑她的臉輕聲說：「喔，寶貝，喔，費怡，喔甜心……」一絲不掛的安珀能給費怡的仍是一個吻——卻是個輕盈憐憫的吻——費怡害怕得幾乎要躲開，但已經來不及，她來回奔跑而旋緊的心終於在那一瞬為了幾秒後的墜落而騰空，安珀不懂卻溫暖的唇像一方包容的屍布，緩緩將費怡尚未出口的話全蓋了起來……

忽地，一絲細線穿透她倆齒間，姆姆嗚嗚像扼著頸子就要斷氣的人，費怡睜大眼睛看見安珀觸電般從她臉前鬆口，一後退彷彿「玻！」一聲拔開水槽底的橡皮塞。那一刻，費怡聽見自己唇縫嘩啦啦洩出簡單的旋律。起初調子稀薄遙遠有如從黑牆裡傳來，漸漸地，費怡嘴裡抽芽的音符覆去了機器的嗶嗶聲，覆去了安珀的滋滋親吻，覆去了老人難辨的心跳，也覆去了她的咒詛。費怡以為自己在哭號，但那聲音聽起來單調反覆而快樂，像一支遺詞的童謠。

黑色禮車載她們回到市區超級市場的停車場，在私家車上費怡與安珀沒有交談。那車走遠後，她們坐上安珀的車，車子發動，儀表板上的霓虹時鐘亮起，前後不過幾個小時。

「你還好吧？」安珀斜倚在方向盤上有點擔心地望著費怡：「你剛才嚇到我了。」

「沒事，」費怡搖搖頭：「對不起。」

超級市場外，一個婦人將最後一袋雜貨從手推車中拿出來放進後車廂裡。牛奶，紙巾，麵包。婦人寬鬆的淺色連身裙在夜裡隨風飄搖，像一朵癲狂的花蕊。婦人離開了。她們坐在暗黑的前座，沒有人接話，彷彿剛才簡短的問答值得一陣沉思。突然安珀想通什麼似地——或放棄了——吐了一口氣，車子開始向後移動。費怡從照後鏡裡看見白熱路燈下，幾台超級市場的紅色手推車零星散置在幕黑地曠的停車場上。費怡望著那些小小的紅色手推車。

「安珀，你看見了嗎？」

「看見什麼？」

「扁掉的塑膠海灘球。」

「哪裡？」

「桃紅色的。在那房子客廳的鋼琴底下。」

「喔，那個，不是海灘球吧？看起來是某種噁心的性玩具。」

「是嗎？」

「肯定是。一屋子的變態，」安珀說：「我接過最怪的case之一。看看那個老人，天吶，他真老，我沒見過比他更老的人了。我真懷疑他到底知不知道今晚我們在那裡口水流得他全身都是。我不懂他們幹嘛一定要韓國人，對那位先生來說——你知道我的意思，韓國人，越南人，日本人，愛爾蘭人，泰國人……」安珀轉過頭來：「有什麼差別？」

費怡本想告訴安珀一個她小時候的故事，可童年的小海灘球隨著安珀的句尾漂遠了。費怡按下窗戶，讓超級市場廚房的油炸味道飄進車內，她曾經在許多不同的地方聞過煎炸食物的味道，這裡，那裡，費怡從不慶幸自己屬於任何地方。但是——費怡準備告訴安珀，安珀將不懂也不問為什麼——今晚那幢房子——費怡想起莉莉絲的手勢以及老人透明的呼吸，然而她感到自己的臉柔和下來，她有了一點重量——在今晚的case裡，她很高興自己不是一個不怕死的韓國女孩。

母鹿

當蘇云的丈夫發出第一嘶鼾響，蘇云猛地坐起，那力道讓軟陷的彈簧床上下一陣。丈夫動了動，聲音停了，蘇云輕輕下床，走出房門的時候丈夫的呼吸正漸深，漸強，然後在某一刻那呼吸又長成了鼾聲。

蘇云睡不著。這趟旅行原意是希望能讓她好睡些，蘇云的母親死了，當一切後事告一段落，蘇云還是無法睡好。蘇云與丈夫決定請一個禮拜假去走一走。他們尋找在一定預算下，離開夏天亞熱帶城市所能到達的最遠地方，這天來到南半球的山上，時值冬日，山上有雪。

小鎮位於一國家森林公園附近，冷天旅人不多。他們住的營地夜裡望去，一整排小木屋廊燈只亮了四盞，包括他們這間，以及住在入口處的老闆一家。老闆喬治是個蓄絡腮鬍的胖男人。第一天蘇云與丈夫曳著行李推開大門，喬治正在櫃檯後低頭微笑。大廳約莫就是一般家庭式的客廳布置，有沙發，電視，茶几與立燈，室內浮著昏黃的橘光，牆上的布告欄貼著照片。登記的時候，蘇云看喬治老對著櫃檯內下方咧嘴笑，好奇偷偷踮起腳尖。喬治「唰」地站直，將櫃檯下的一個小籃提上桌面。

「我女兒，」喬治說：「小卡洛琳，這世界對她來說還很新。」

蘇云嚇了一跳。籃子裡層層棉布裡裹著一個孩子，那麼小，臉皮還是皺的。

「她多大？」蘇云問。

「三個禮拜又兩天。」喬治不假思索。

小卡洛琳似乎連張眼都得用力，一個不注意眼皮又皺起來。她的小手指蜷成一團，像一撮乾蝦米。

「她很漂亮。」蘇云說。

「謝謝！」喬治雙眼亮了：「可不是嗎？」

櫃檯右後方的門裡走出一個女人，喬治介紹是他老婆貝絲。貝絲跟喬治一樣身材，帶著剛生產完女人的倦容，臉部皮膚有一種氣球膨脹到最大後開始消氣的鬆軟質感。貝絲與他們打過招呼，提著小卡洛琳進房裡去了。

「她是你們第一個寶寶嗎？」

「不，小卡洛琳有兩個哥哥。」喬治說：「湯姆與大衛去祖父母家了。布告欄那邊有他們的照片，在門旁邊的牆上。」

蘇云走過去看著軟木皮上貼著的照片，兩個對著鏡頭咧嘴大笑的男孩，四五歲的年紀。那樣近，她分不出誰大誰小。

「那是真的嗎？」櫃檯邊蘇云的丈夫指著布告欄上方問。

「喔，當然。」喬治說：「現在平地上正是獵鹿的季節，乾冷的冬天，一直到九月。這附近，你們要運氣好才能看到一隻。」

蘇云仰望布告欄上方那顆有著碩大角叉的鹿頭標本，從她的角度看去，鹿突出烏黑的圓眼上布滿哀傷的長睫毛。

喬治安排他們住在中間的木屋，每間木屋前都有空地可停車。「我們供應簡單的早餐，櫃檯那邊桌上的壺裡隨時都有熱咖啡，」喬治說：「吃飯的話，你們開上來的路上有幾間餐廳，如果要買雜貨，再往前開兩哩左右有老洛的雜貨店，老洛脾氣不太好，但店裡什麼都有。」

小木屋為稍微架高的平面樓層，屋內設計簡單，爬上短階梯後進門為玄關與客廳，右後方為臥房，衛浴在臥房裡，臥房左邊有小廚房，簡單的兩電爐，冰箱與小型碗櫃。廚房底有道落地窗門連著陽台，推開門站在陽台上看去便是整片覆雪森林。屋內裝潢看得出來舊了，但很乾淨，聞不出什麼潮味。客廳裡有個小壁爐，喬治幫他們生了火，教他們怎麼添火與翻動柴薪，許多生字他們聽不懂，但喬治比手畫腳一陣他們竟也理解了。

蘇云走出臥房，時間是晚上九點五十分，她坐在客廳的沙發上，突然廚房的冰箱馬達動了起來，沒多久那聲音像糖一樣融入四周暖悶的空氣裡，蘇云又覺得室內安靜了。丈夫是故意的。他們都知道她沒道理，她故意沒道理，然而今晚丈夫選擇不理解她。夫妻間這種時候是運氣，蘇云今天運氣不好。有時他們會寵寵對方，有時他們會故意不理解。像一場隨興的乒乓，有時球調得遠些，懶得跑的人就讓它落地，等會兒重起。

這時蘇云忽然思念起一隻母鹿來。

蘇云思念的母鹿有一雙濕潤的黑色眼珠，與溫熱臌脹的腹部。她不知道自己曾在什麼時候看過母鹿，但她確實是知道細節那樣地思念著。

母鹿睜著圓眼看她，蘇云從一對黑鏡裡看見自己，她思念躺在母鹿腹部的感覺，領受腹氣的噴噴顫顫。母鹿細長的腿前折，顛簸跪下，肚腹靠地，蘇云也跪坐下來，將頭枕上去。母鹿的毛色棕紅順澤，細細扎著蘇云的頸子。蘇云側過身，用整片臉頰貼著母鹿腹部。母鹿的腹部溫暖有如泥爐小火，她伸出手來撫摸母鹿的背，鹿肚便臌脹噗哼起來，讓蘇云在牠滾滾腹浪裡起伏。

蘇云出門了，她打開衣櫃穿上厚大衣，準備去老洛的店裡買包菸。稍早時他們吃著三明治，喝昨天買來的啤酒，蘇云告訴丈夫說她突然想抽菸。

「怎麼突然想抽？」丈夫問。

「大概是天氣冷。」蘇云說：「你想抽嗎？」

「還好。」丈夫說。隨後又補了一句：「好啊，明天記得去那間店裡買。」

蘇云只好更明白點。「可是我現在想抽。」她說。

「外面好冷。」丈夫也只好更明白點。

蘇云穿好鞋打開門，冰空氣撲上她的臉。她豎高臉頰兩旁的圍巾，遮住了耳與嘴，將房門鑰匙放進大衣口袋，反手關上門。

她打算徒步走到老洛的店。昨天他們已經去過那兒一次，感覺不遠。外頭似乎適合走路，夜空晴朗，幾週舊雪未融，亦無新雪。

蘇云往營地出口走去，經過喬治一家人住的木屋時，她探頭望進橘色的窗戶。相同的客廳陳設，櫃檯前空無一人，她特地貼著窗子看了一眼掛在屋內牆上的鹿頭，就算遮去華麗的角，那也不是她思念的母鹿，蘇云確定了這件事之後便走出營地。轉上柏油路時，她回頭看見雪地裡散著這兩日丈夫與她來來回回的腳印，彷彿地上一條由雙箭頭組成的線，牽起兩亮點。鏟雪車將主要道路清理得很乾淨，蘇云邁開步子往老洛的店方向走去。

如果不是丈夫，蘇云將處於更糟的狀態。五年前她跟丈夫開始交往沒多久便了解這一點。蘇云的母親可能比她還早明白，「他對你很好。」蘇云的母親說，說的似乎是這人關心蘇云，對蘇云很用心。但現在蘇云想起，母親說的更像是「新鮮空氣對你的偏頭疼很好」、「魚肝油對你的眼睛很好」那樣的意思。

早上他們到主屋客廳裡去用早餐。七點左右，貝絲正在餵小卡洛琳吃奶，蘇云坐在一旁喝咖啡。小卡洛琳不像她的哥哥們，貝絲告訴蘇云說，小卡洛琳哪，她比較憂鬱。

——啊？

貝絲接著說：「她不那麼容易笑，吸奶時可用力了。」

蘇云微笑地看著小卡洛琳。

「我母親說……」

「小卡洛琳知道……」

「抱歉，」貝絲笑起來：「你要說？」

——喔，沒什麼，我母親說，我也應該儘快有一個寶寶。

「喔，我不知道……他們不容易，你知道。」

——誰？母親？

「寶寶。」

——喔，是的。我小時候也是個憂鬱的孩子，我母親告訴我。

「真的？」

蘇云的鏡片起霧了。她的圍巾兩端一直掉下來，她生氣地將圍巾繞頸子兩圈之後胡亂打了個結，毛線邊遮住口鼻，呼出的氣往上飄，在鏡片上形成薄霧，蘇云就帶著那層霧走路，雙手插在大衣口袋裡。兩天來她已經習慣雪的景色，書裡照片的魔力漸漸淡去。自助旅行協會手冊裡有張灰白天色下，一隻鹿在林間的照片，攝影者躲在樹後，鹿在遠處轉頭，層層叉角與林木枝幹交疊，彷彿長上了樹梢。此刻蘇云的右手邊便是林地，但夜裡只看見前面幾排卡著雪的枝椏與地上的白色映出月光，一台車從蘇云身旁緩緩開過，車前燈烘亮一陣，林間恍惚有黑影。

蘇云停下腳步瞪著黑影。車走了，黑影動也不動，蘇云將眼鏡拿下，在大衣表面抹了抹戴上，手插口袋站在那看了一會兒，又伸出手來。蘇云忘了戴手套，她慢慢蹲下，聚一丸雪捏成球，她不知道該不該丟，雪球愈來愈燙手。

她看見黑影動了一下。

幾乎是同時蘇云將手中的雪球扔了出去，也幾乎是同時，雪球撞上最近的樹幹「啪」一聲散開，白花涼冷反撒蘇云一身。

黑影動也不動。

蘇云一邊走一邊哭起來。母親總是知道什麼對她好。這人對你很好。生小孩對你很好。鈍去地活好，將敏感集中鎖住得好。蘇云在認識丈夫之前有一個交往三年的女友。「莫鬧（不要）啊。」母親知道後說，女友知道後默默離去。她們都知道什麼對蘇云好。蘇云曾經很生氣，現在她卻一邊走一邊哭，渴望有人以延伸自己的方式來愛她一下。

蘇云輪流將濕冷的手伸進大衣內放在溫熱的腹前保暖。她愈走愈快，彷彿再推進視野一步便可在盡頭看見光，老洛的店外有支大霓虹燈，那便是光，世界並非完全黑暗，尤其遠方的溝壑裡雪螢會映上山壁，整片的雪在漆黑中只需抓住一點月白便孵出滿谷的象牙。

——你這个性（脾氣）自出世就定矣。生你的時我無叫你無哭，醫生共（把）你园佇（放在）我胸坎，你目頭（眉頭）憂結結，頭殼頂一枝毛嘛無，面親像一隻老猴。

——你說好多遍了。

——二十八歲，通（可以）生啊。較緊（趕緊）生一个好。

——你怎麼不叫妹妹生，他也二十七了耶。

——你小妹佮（跟）你自細漢（小時候）就無仝款（不一樣）。咱抑是（還是）生一个好。

——我不知道。我覺得自己都還像小孩。

——我二十歲就生你矣。

——那時你生我也是因為對你來說生比較好嗎？

——我少年時哪會有人共我講遮（這些），我是生了才知的。

然而蘇云再見到母親時母親居然死了。她自己結束的生命。

「那這次死了你懂了什麼？」蘇云說：「教給我啊！」

蘇云的圍巾打了死結，鏡片起霧。她一邊走一邊哭，她痛恨自己對雜貨的需要，對人對菸對光與嘗試的依戀。老洛店外的燈在最遠處一眨一眨，霓虹朦朧閃爍，指引她一種複合的，消費式的方向：她可以抽些菸，見些光，做點人，嘗試一下。

她可以有些方向。

老洛的店就要到了。前方路上一邊是燈火通明的店鋪，一邊是深邃的野地。蘇云停在二十步外，拿下眼鏡擦了擦。她的臉頰上有許多凍結的水氣，伸手一摸一條淚痕便被她剝了下來。蘇云把淚痕丟在地上。她從沒見過這樣的事。

蘇云伸手推開店鋪發亮的門，老洛從櫃檯前抬起頭來，蘇云說：「嗨。」

老洛對她點點頭。

蘇云轉進第一排貨架，從罐頭堆中望向玻璃窗外的道路，道路之上的樹林，樹林之上的月光。她祈求：如果下次我過雜貨店而不入，可不可以母鹿，請你也在雪地裡停留。

一段一百六十公里

他們坐在租來的車子裡。冷氣孔下方的杯座上有兩個裝著咖啡的紙杯，珍珠把冷氣轉到最大，他把音響轉到最大，按下車窗對灌進的熱風喊了兩聲：「喔，喔——」

珍珠轉向窗外抿著嘴笑了，說：「不知道那地方變成什麼樣子。」

「希望不要變太多，」他說：「應該不會變太多，也不是什麼熱門的地方。」

「這樣石頭可能就還在。」

「一定會還在，那麼大的石頭，很難搬動吧。」

珍珠看著面前遮陽板上的小鏡，公路被他們拋在車後像條尾巴，遮陽板下方的擋風玻璃中，車頭正一口一口將灰路面上的黃色虛線吸入腹內。

「你壓線了。」珍珠說。

「不要緊張，」他看了珍珠一眼：「又沒別人。」

「我不懂，我說的是開車。像這樣，你開車，隔壁道可能有另一個人也開一台車，兩台車一起跑得很快。到底是什麼樣的力量讓你們可以放心地知道兩人中沒有一個人會侵犯對方的領域？如果有一人腦袋突然斷線了呢？如果他以為你知道他要過來，而你以為他不會呢？」

「有這個。」他撥了一下方向燈。

「我知道，但還是一樣啊，兩個開車的人到底是如何能放心地把一半的生命交到對方手裡？」

「那像現在我開車你坐在那裡。你怎麼能把所有的生命都交在我手裡？」

「我認識你了。不一樣。」

金城第三次回到浴室鏡子前，拿起電動刮鬍刀，開始把剛才修剪好的線條推掉。金城看著鏡子，手一動那人輪廓便淡了一點，乾淨一點，年輕一點。她到的時候金城已經把那些舊渣滓都沖進下水道裡了。

「再十分鐘，讓牛肉涼一下。」金城在廚房裡對她說。

「你這裡滿好的。」她說。

「你真的只要水就好嗎？不要酒？」

她笑了搖搖頭。「我不太會喝。」

「那我喝囉。」金城給自己倒了一些。
「敬一下，」他說：「敬夏夏。」
「對喔，敬夏夏。」她說：「感謝他。」
「不過我總覺得，我覺得，我們好像認識很久了。」

汽車廣播出現滋滋的雜音，珍珠伸手去轉，喇叭裡冒出一句：「當地氣象，高溫——」然後便斷了。珍珠在前座置物櫃裡找到一卷錄音帶，把錄音帶「喀」地推進卡匣，音響開始唱歌，簡單的音樂，一把民謠吉他與低沉的男聲。

「收不到訊號很正常，你看這種地方。」他說。
「我們上公路多久了？」
「十五分鐘吧。現在幾點？」
「十點二十分。什麼都沒有。」
風灌進車裡，後座上一本地圖被吹得啪搭啪搭響，珍珠用力關上車窗。
「你剛剛有沒有看到一塊牌子，」珍珠說。
「沒有，什麼牌子？」
「我也不知道，在路邊，好像寫再來一百六十公里怎樣的，所以我才問你有沒有看到。你開太快了。一分鐘前的事。」
「再來一百六十公里怎樣？」
「我不知道，我好像看到它寫沒有出口。但我不確定。所以想問你。」

「沒有什麼？」
「我不知道。」

她放下水杯走到窗口。金城的公寓在十九樓，她看到地面上自己走來的路線。小巷接上大路轉進小巷——她看見行人，她想像其中一個是剛才的她，現在的她是剛才的金城。

「在看什麼？」金城問。

「我來的路。從那裡，然後過來，然後那條巷子，有個白色招牌那條，然後過來，然後彎，然後過來。如果我走過來，你從這裡看，這樣認得出來嗎？」

「認得出來啊。而且我還有這個。」金城從窗簾後方的窗台上拿出一只厚重的雙筒望遠鏡。

她瞇起眼睛看著金城，金城笑起來。

「你看過什麼？」

「沒有。別人的生活你很快就會膩了，相信我。」金城說：「除非你認識那個人。」

「不認識的人，用這個看的話，一段時間之後，不會覺得好像認識他了嗎？」

「通常到那個程度之前就會膩了。」金城說。

珍珠側過身去看了看儀表板上的油箱指針，陽光直射在那塊區域，珍珠瞇起眼睛。車子經過公路左方平原上幾片突起的岩山，在斷斷續續的遮蔭下珍珠看見油表還剩一格半到底。

「快沒油了。」珍珠說。

「一格半還可以跑很遠，」他說：「而且不可能一百六十公里都沒有加油站。」

「萬一呢？」

「太扯了。」

氣孔咻咻送出不太冷的冷氣，歌曲的間奏是吉他與愉快的口琴旋律。他對自己直覺想彌補什麼的心情感到不悅。

「就算是這樣，它也不會放張牌子告訴你再來一百六十公里都沒有出口，沒道理嘛，它應該會在最後一個出口前先提醒別人才對。」他說。

珍珠看著他。

「好吧，再來遇到的第一個出口我們就下去加油。」他說。

她拿起望遠鏡架在鼻梁上，看著那條蜿蜒的路線。當焦距調到適當的位置，她清楚地看見了一個中年男子的臉。因為太近了，男人的臉一下子就移出她的視野。

「可以吃了。」金城說。

她輕輕放下望遠鏡，那條路上人成了一個芝麻大的點。

「萬一牌子上寫的是真的，我們怎麼辦？」珍珠問。

他們倆一起笑了。

「死。」他說：「這種地方半小時不知道遇不遇得到一輛車，遇到還不知道人家給不給我們搭便車。」

「我們可能要一個留在車上，一個搭別人便車去一百六十公里之外的地方買油，租車從反方向開回來到剛才我們買咖啡那個出口，再迴轉沿路找到我們現在車子停下來的地方。」珍珠說。

「這樣我們就變成兩台車了。而且那還是運氣好的話。」

「我可以開。」

「你剛不是說開車很奇怪？」

「永遠待在這條路上不是更奇怪？」

金城端出燒好的牛肉，她坐在餐桌前看著金城分盤。金城慢慢地將牛肉、蔬菜、馬鈴薯與飯盛入她的盤子裡。熱燙牛肉在涼盤上冒煙，她聞到蔥、醬油、八角等香料的味道。

「你喜歡紅蘿蔔嗎？」金城問。

「喜歡。」她說，雖然她不特別喜歡。但並不討厭，她想。

「那就好。」金城頓了一下，又說：「我不喜歡紅蘿蔔。」
她看著盤裡的紅蘿蔔。
「但是燉牛肉要它的甜味。這樣湯汁才甜。」金城回答。
「為什麼不喜歡？」
「小時候吃太多，吃到怕了。」金城又撥了一塊紅蘿蔔到她盤上。

珍珠看著氣孔下方的電子鐘，他則直視前方。他們已經十五分鐘沒有說話，兩人還記得剛才最後一個笑聲。他們以為要輕鬆了，為什麼沒有人繼續說下去？他知道珍珠會想著剛才買咖啡之前曾催他加油，「還可以再撐一陣，」當時他看著油表說。他也很清楚換作是他，他也會幽幽地想著這事。現在角色可能對換，也許珍珠因此有一絲僥倖的感覺——「不是我的錯，」——但他想珍珠會明白這很幼稚。一旦車子停下來，沒有人僥倖。

「什麼都沒有。旁邊都是石頭。」珍珠說。

「對啊。」他看了珍珠一眼：「怎麼了？」

「沒有。」

「不要擔心，會有出口，應該很快就會看到牌子了。」他說。

「我在想，剛才上路的時候，我覺得這條路好美。天氣這麼好，很熱，但是很亮，我們好像可以這樣一直開一直開，好像，好像路上什麼都沒有也沒關係，」珍珠拿起咖啡喝了一口，沒再說下去。

他知道珍珠要說什麼。

珍珠繼續說了。「現在外面已經完全不是那樣。奇怪的感覺。」珍珠伸手摸摸他的側臉：「你不怕嗎？」

她等著金城繼續說下去，她沒有概念，她想，最好的方式是等待。

「我小時候家裡狀況不好，」金城說了：「小時候家裡的小菜圃種了紅蘿蔔，所以我們每一餐都有紅蘿蔔。紅蘿蔔煮湯、紅蘿蔔炒番薯葉、水煮紅蘿蔔拌醬油那一類的。水煮紅蘿蔔剛撈起來的時候有個甜甜腥腥的味道，像血。我現在只要想到『水煮紅蘿蔔』五個字就聞得到那味道。」

她不知道要怎麼反應。心裡甜滋滋的，卻因為不明就裡而感到罪惡。

「小時候不吃會被揍，所以吃了很多。」金城把鍋子放回爐上，回到餐桌前坐下來：「長大看到就怕。我弟也是，不吃紅蘿蔔。」

金城第一次向她說起家裡、弟弟與小時候。她想要金城多說一點。

「你弟跟你差幾歲？」她問。

「兩歲。」

「我爸也怕紅蘿蔔。」金城看著她點頭。頓了一下，「哎，」金城吸口氣：「沒有，其實，小時候家裡狀況不好，種紅蘿蔔的人是我爸。小時候每一餐都有紅蘿蔔的也是我爸。」

他們注視彼此。

「我剛跟你說的都是他跟我們說的，你知道小時候，我們吃飯他都可以把紅蘿蔔挑掉，我們都不行。我們就問他，為什麼你可以我們不行，他就跟我們說他小時候吃很多。」

她笑起來：「那你剛才幹嘛騙我？」

他側過臉對珍珠微笑，珍珠將手從他的臉頰上抽回，他的額角微微浸潤。

「不會啊，」他回答：「一定就快有出口了。」

珍珠瞄了一下儀表板，油箱指針在最後一條格線上下。

「好吧，我是有一點擔心。一點點啦。」他說：「但是最糟的狀況就是像你剛才說的那樣，也不是世界末日。」

「這個一格可以跑多遠？」珍珠問。

「租的車很難說，不過我在猜，八九十吧，說不定可以跑個一百公里。」

「什麼都沒有。車子停下來是一回事，但這地方讓我毛骨悚然。」珍珠說。

他們一起瞪著擋風玻璃，放眼望去盡是公路，間或巨大岩石，有時山谷。他們因為看得太久，某個時刻目光穿透了顏色，眼底只剩下素描般的勾勒：路線，稜線，地平線。

「你看，假設可以跑九十好了，現在還有一格多一點，可以跑個一百，從剛剛到現在我們走了有沒有三十？再靠機油撐一下，一定可以到下一個出口的。會很驚險啦，但是可以到。」他說。

他放開握著方向盤的右手伸去摸索冷氣的開關，才知道自己手心沁汗，過程中他不小心按掉了音響，最後他關了冷氣，就在那一秒珍珠的背脊發起癢來。

金城不好意思地抓抓頭。「沒有，其實，不算騙你，因為我真的不喜歡吃紅蘿蔔。自從小時候我爸跟我們形容過那感覺之後，不知道為什麼變成我的。我還真的聞得到水煮紅蘿蔔的味道，雖然我這輩子根本沒吃過幾次水煮紅蘿蔔。『像血！』我爸說。用台語說的，臉上有那種吃到蟲的表情。」

金城對她眨眼睛。「吃吃看吧。」

他們一起動筷子。「嗯，」她一邊嚼著，一邊對金城點頭。「哇——」她真誠地說：「好吃，你比我還會煮。」
「你也煮嗎？」金城問。
「嗯，因為省錢。」她說：「但不喜歡。」
「省錢幹什麼？」
「做喜歡的事。」
「喜歡做什麼？」
「很多啊，」
「比如說？」
「比如說，旅行。」

車子高速前進。在這個彷彿被世界棄絕的地方，珍珠有了地平線傾斜的錯覺，伸出手拉住窗緣的手把。沒有冷氣轟轟作響，車裡變得很安靜。窗未開，四周漸漚，空氣不散去，凝固了，與他們的燥熱鼻息混在一起。他覺得自己在冒汗，他不想讓珍珠看見他的汗，他已經無法讓珍珠呼吸順暢點，現在他甚至無法讓自己乾爽些。

他想要反駁剛才珍珠說的方法，他想要自己想出一個方法，但他所想的方法到最後都跟珍珠剛才說的方法很像。他知道一旦車子在這條公路中間停了下來，一旦站在路面外的細砂石礫上伸出求援的手勢直到太陽消失在地平線那端，他們將會進入一個漫長黑暗的冬天。他注意到車子上坡的時候，油箱指針會低些，珍珠呼吸聲會大些，他覺得珍珠就要開口問起那件他們已經知道的事：「是不是要沒油了？」

他說：「早知道就不要走這條路。」
「什麼意思，」然而只有珍珠能知道那是什麼意思。他沒有回答。珍珠的體溫逐漸上升，他可以感覺珍珠正要沸騰，他應當稍微辯解示好，但此時前方線性的曠野讓他突然看不起所有模糊細巧的情緒。他不知道的是，珍珠也是一樣感覺——珍珠準備好了。
「早知道，」珍珠說：「上公路前就要加油，」世界旋轉起來，珍珠的聲音並沒有消失：「——早知道——」

他們在沙發上翻滾，緊緊相擁幾乎無法呼吸。他聞到自己胸前的悶汗，她聞到自己口腔裡的紅蘿蔔。
你想去那裡，我們去旅行。
唔……
哪裡？
哪裡都好。
非洲好不好？
好。
為什麼是非洲？
不知道。
不重要。
他們在乾涸的草原上擁抱，有了長頸鹿，大樹枝葉像菌傘，唯一的一棵大樹，長頸鹿開始安靜地咀嚼枝末嫩葉。他們撫摸彼此，專心互探，像檢查兩顆熟透的果實。日落，大象帶小象長長的影子隊伍在遠方緩緩前行。斑馬，犀牛，沒有硬角，也許河馬。

什麼都沒有。

幹！

幹！

你在罵我嗎？

我罵我自己好不好？

罵有用嗎？

那一直說「什麼都沒有」就有用嗎？

車裡充塞著時間。窗戶開了一半，他們將頭稍微偏向窗口，才發現時間也塞滿這片曠野。

那個地方有好幾條路可以到，那時候我們走的那條，沿路都有出口與休息站，有一間雜貨店賣自己牧場擠的牛奶，我們有一張跟老闆的合照。

那已經是上個世紀的事情了，那麼久了，風景一定不會一樣了。

老實說，

拜託——

我不覺得回去那裡有什麼意義。

現在說這個有什麼意義？

你真的想試試看嗎？

我只是不知道回去那裡要幹嘛。

現在你讓我也開始覺得沒有意義了。

好了。

怎樣？

車子是不是變慢了？

你好美。他說。你也是。她說。他們翻了一圈跌落沙發，他將抱枕放在地上讓她靠著，他們的雙腿夾著彼此，她感覺自己正夾著一塊炙熱的錨沉入深海，他覺得她就是水，淡墨色的恥毛貼著下腹，暈開的柔軟的海草。她說：「去海裡，」又說：「海邊。」「好，海邊。」

他們在海邊擁抱，伸出沾著細砂的手互探對方，綿軟的沙粒滾上他們的大腿。日又落，身下的沙緩緩散發餘溫，殘浪一遍一遍舔舐他們的腳掌，風吹著遠方的空罐發出響聲，二三十隻海鷗襯著沒有向度的海在空氣中游水。她站起來，他跟上拉著她的手。

他們在海裡擁抱，水拍打胸口，他們的衣服一件件離開他們，衫，裙，褲，浮上水面漂遠。內褲褪下時他們感到自己排泄了，在清澈的水裡他們各自洩出方才帶進對方身體的一指細砂。往岸上望時突然是個島，圓麵包一樣的山丘，椰子樹，碗大的膚色花朵，藤蔓，各式各樣的植物，鮮豔的鳥。沒有窸窸窣窣的響聲，沒有神祕的煙。天空接近山輪廓的地方有強光射進深海的透明感，島也在海裡。

我只是覺得很久沒有兩個人一起去旅行了。

所以如果現在車子有油，這一切都又有意義了。

你覺得再去一次那地方能解決問題嗎？

我沒說。不然咧？

兩個將彼此頭顱壓入水中的惡少，他們遁入長長的沉默。一吋吋往前方延展的路在每一刻都有一個荒涼的最遠端，一個一直改變位置的點，他們一直看得見那一點，但現在已經不確定能不能開到。有時路旁沒有圍欄，直接是礫石、爬地植物與大片的野地。他想，只要往右一偏就出去了，到處都是出口。有時是灰色的欄杆，正方形的公里牌——她可以看見綁著頭巾帶著安全帽的工人們吆喝著合力立起那些東西——這裡曾經有人，她想著這件事，柏油與塵土之間有一道明顯的接線，路面上有碎胎與瘦勁的煞車痕。他們把那些想法放在心裡，各坐在一只輪子上，彷彿兩條安靜平行的小巷。

他們的手機擺在兩前座中間的平台，沒有訊號。此時油表指針已經穩穩停在底線，不再因上下坡而移動。車子仍繼續運轉，她覺得全身赤癢，往前坐直了，上身離開椅背，他發現她擋住了右照後鏡的視野，直覺伸手想將她往後撥，但一念間算了，已經舉起的手轉而向上調了調車內照後鏡。她已不在意油表，偶爾覺得車子慢下時瞄一眼時速指針；他清楚自己踩油門的輕重；他們每一秒都在期待下一秒的改變：油將耗盡，車速將漸慢，事情將變壞。

她見他笑，問他笑什麼，他說：「沒，」她卻覺得安心，這很不一樣。落日隱，天色暗足，屋裡只有廚房的橘光，爐子上牛肉完全涼了，他站起來開燈，她走到窗邊面著夜幕，他跟上，站在她身旁，他想，她很不一樣。而且原來紅蘿蔔是這個味道。

「那裡。」她指著右方。

迎面而來的一塊牌子有個右彎箭頭，上面寫著「47」和一個陌生的地名，「是四十七號公路，」她說：「還是等一下往那邊再開四十七公里有城鎮？」

「不知道，」他說：「不過如果是四十七公里的話我們應該走走看，也許會有加油站，不然至少有人家。現在這條路再開四十七公里也不會出現一個有名字的地方。」

對面大樓與他們同高的樓層上有一扇透明的窗沒有拉上簾布，距離可以清楚看見亮燈公寓裡頭一對男女，但不夠看清楚表情。男人正拿著大毛巾擦頭髮，女人坐在沙發裡。「他們兩個是夫妻嗎？」他的手臂輕輕碰著她的手臂，好像在與她商量一件事情。

他們站在那兒看了一會兒。女人將臉轉向男人，男人停下動作，兩人面對彼此，沒多久女人舉起手稍稍仰頭，似乎在喝水，然後女人站起來往屋裡走了，男人獨自背對窗口，擦兩下頭髮，末了將毛巾披在頸子上，也消失在走道裡。「太難了，這樣看——」她說：「我不知道，如果他們再待久一點……」

「如果那是四十七號公路的意思，開上去後到那地方還要再一百六十公里呢？」

他們往右開，來往八線道的公路變成四線，然後雙向單線。路面顛簸起來，他放了一點油門，讓車速慢下，她咬著指甲，路旁出現牧場的木製圍欄，腐朽斷缺，隱沒在一人高的蔓草中，烈日直射他們的大腿與擱在車門上的手臂，他們感到發燙而生病。她祈禱自己不要有尿意，已經太遲，他也一樣，現在他們後悔剛才啜飲咖啡遮掩沉默。前方多丘陵與彎道，路失去了視野，他們身體臌脹，而車子就要停在一個他們連描述也無法描述的地方。

遠處有移動的物體，是對方車道一列小發財車隊。錯車時駕駛們——那些尋常打扮的莊稼人——看了他們一眼，不感興趣的一眼，連同發財車的大片影子覆在他們頂上，一片接著一片，一片接著一片，車與車的間距固定剪進一道強光，裁開數不清的片刻。珍珠與金城，他們突然有了精神，風吹乾他的汗，拂順她的呼吸，她靠回椅背上，轉開音響，他們開始說話，最後他「喔，喔——」叫了兩聲，駛過路旁一塊畫著油槍的舊漆牌，她抿著嘴笑了。

珍珠與金城，他們正要出發。所有事情都尚未到來，然而珍珠與金城可以保證那些事都將到來——他們，與它們，都存在了，在一段一百六十公里，沒有出口，罕無人跡的公路上。

哈夫以爾

力圖沒想過會再見到哈夫。然而哈夫的睡袋太明顯了，力圖搬離舊金山後便再也不曾看過那樣亮紅色的睡袋。哈夫躺在他回公司的路上，睡袋捲成一綑用個黑垃圾袋勉強套著，像根燃燒的火柴棒。力圖多看了一眼，哈夫認出他來。

「嘿！賽利卡男，是你嗎？」哈夫瞇著眼。力圖背著太陽，他在哈夫身上看見自己的影子。

哈夫似乎掙扎著爬起來。力圖心裡有點緊張，如果哈夫張開雙臂他該與他擁抱嗎？但沒有，哈夫只是用手撐地挪了挪屁股，向力圖舉起友好的拳頭，力圖也用拳頭碰了碰他的拳頭。

看著哈夫的臉，力圖覺得該說點什麼，他努力想知道自最後一次看見哈夫以來，他是胖了還是瘦了。力圖不太記得最後一次看見哈夫是什麼樣子，但好像什麼時候他還曾想起這人？好久了。他無法確定哈夫的臉色是比較蒼白或比較黝黑，他只能認出他的睡袋。於是力圖說：「哈夫！嗨！」

「我真不敢相信，」哈夫哈哈大笑幾聲，轉頭對靠牆坐在他身邊的同伴說：「嘿，尼克，這是我以前在舊金山的老友，他開一台紅色的賽利卡，那寶貝漂亮極了，是我的床邊玩伴哪。」哈夫轉頭對力圖說：「她停在哪兒？我挺想念她的。」

三年前力圖撞壞了那台豐田牌賽利卡雙門跑車，在限速三十公里的市區道路上，下班時間例常壅塞，力圖多看了一眼停在路邊開單的警察，閃神擦過前方的休旅車。他在密閉的駕駛座上抓著方向盤怒吼，從照後鏡看見那警察搖搖頭，走過來處理他。賽利卡左邊車頭全毀，像剜去一隻眼睛，當時那車車齡已屆十年，待附近的修車廠來估價後，力圖決定放棄。

賽利卡是力圖要離開洛杉磯的家北上六百公里去舊金山讀大學時，家裡讓他開去的。一開始他極力抗拒，那車紅身、兩門、看起來頂新——在在讓他感到彆扭。大學四年力圖在學校三個街區外租屋，熱死人的頂層，他多半走路上下學。房客像候鳥來去的出租公寓，房東配給力圖的停車位不在停車場裡，而是在公寓一樓。所謂車庫，說穿了是平面樓層一個水泥洞般的方形空間，比車子還短了一小截，每個經過馬路邊的人都可以輕易地看見賽利卡的紅屁股。當時力圖交過一個女朋友就住在同一條街上去一點的地方，她只要從陽台向外探就可以知道力圖有沒有拖著屁股去鬼混。

那是一條斜坡街，大學校園四周總是有許多閒人，不願畢業的人，喜歡學生作伴的人，許許多多作夢的人。人們背著商店牆角坐在人行道上，看起來像流浪漢的學生，看起來像學生的流浪漢，每個人開口跟每個人要零錢。他們談笑自若，直視你的眼，無論你給不給錢都向你道謝，你若覺得不自在，那是你的問題。

賽利卡被拖進廢車場後翌日，力圖開著暫時租來的車去簽處理切結書。在廢車場入口一間五坪大的小木屋內，壯碩的中年老闆只對他說了兩句話：「簽這裡」以及「進去右轉」。老闆手臂有塊彩色刺青，圖樣是一台表情凶狠的卡通金龜車，二頭肌上方有個對話框，「起來，廢人！」（Get up, Loser!）金龜車齜牙咧嘴說。

力圖頂著正午烈日在廢車場裡把賽利卡從頭到尾翻了一次，帶走了三塊遮陽板、一枝除雪刷、一顆籃球、一件在後車廂深處發現的，某個女人留在他車上的薄外套、汽車的接電線、簡易工具箱、一盒面紙、兩大盒CD、兩副墨鏡、幾本地圖，最後他用工具箱裡的螺絲起子拆下車牌，也撬走了引擎蓋上的豐田汽車標誌。力圖把這些東西搬上租來的車子，離開前廢車場老闆舉起那隻凶狠的金龜車向他示意，力圖轉頭看了賽利卡一眼，踩著油門走了。

到家時他才想起自己忘記將賽利卡兩前座中間照後鏡上繫的東西卸下來。上頭有大學畢業典禮學士帽的黃穗，以及他離家上大學前夕，母親託台北的親人替他求來的「行車平安」符與一小塊金牌。「快唸完快回來。」母親將小小折起的淡黃色符紙交給他時說。平安符上綁著一條已經石化的軟糖，那是凱西送的，她是力圖大學第一個女朋友，也是力圖的初戀。當時力圖第一次認為自己要去愛一個人了，像學步一樣幹了許多傻事。儘管確定自己要對這個女孩認真，她親手為他做的軟糖仍味如嚼蠟，力圖對這件事感到不解。他咬了一口軟糖忍不住吐掉後，凱西哭了起來，力圖便把剩下的部分綁在車子裡以保證對她的愛。力圖坐在客廳中，已經離開學校三年，揮別燥熱的學生公寓，背起房貸住進鄰近郊區的房子，很少再想起大學生活。他想著繫在賽利卡照後鏡上一串累累之物，發現它們分別是那段日子的起點與終點。力圖嚐到兩頰內側泌出略為酸苦的唾液，就在那時，他曾經想起哈夫。

哈夫的全名是哈夫以爾，Javier，力圖猜是如此拼法。他第一次見到哈夫，哈夫告訴他他住在公寓二樓西側。大學二年級的某一天，他們一同停在公寓前方馬路上的紅燈號誌前。「你住這裡嗎？」哈夫指指身後問。力圖點頭。「我住二樓西側。」哈夫說。

紅燈。「嘿，讓你看個有趣的東西。」哈夫說。然後他從牛仔褲口帶裡拿出一個一指寬，兩指節長的白色鐵皮片，鐵片做成對折的樣子，折法像支女孩子的髮夾。「這個，」他輕輕用手指推開兩鐵片唇，薄鐵片發出喀搭一聲回彈：「叫做賓奇夾（binky clip）。」力圖應了一聲「嗯」，哈夫繼續說下去。「你看，這很方便。它可以用來夾紙、照片，什麼都可以夾，衣服、檔案，你看，讀書的時候，這樣夾著，」他一面說一面捏起力圖手上像塊磚頭的環境設計課本的幾頁書頁，夾上那白色鐵片夾。「就像這樣，」他說：「很方便。賓奇夾。」

大學時力圖在學校附近遇到了許多竭盡心力想讓他掏出一毛兩毛的傢伙，有時是小孩子，更多時候是成年人。他們與他攀談，敲他的門，帶著各式各樣的產品，胸前掛著姓名牌，從末世搖滾刊物到保護鵜鶘協會，各種組織。力圖好奇身旁這人何時會開口向他要錢。「我有個網站，www.binkyclip.com，你可以上去看看。這個就送給你啦，賓奇夾，我發明的。」他笑嘻嘻地指著前方說：「你不走嗎？」

綠燈了。「對了，我是哈夫以爾，叫我哈夫。」他說。力圖忘了他是否曾經告訴哈夫他的名字，他想是沒有，若有哈夫大概也忘了，力圖從沒有哈夫叫他名字的印象。偶爾他在附近街上看見哈夫，哈夫向他招手，他們沒有再交談。

幾個禮拜後力圖對著電腦要寫作業時，看見夾在書本上同一處的白色鐵皮片才又想起這人。他好奇地拉過手邊的鍵盤，打了哈夫說的網址，螢幕帶他連上一個網站。首頁是一張哈夫以右手拇指與食指捏著一只「賓奇夾」的特寫，旁邊則是賓奇夾夾在紙上、相片上、衣服上、冰箱上等處的照片。網站做得奇差，最上方有三十六級的放大紫色英文羅馬字型寫著「Binky Clips On Sale!!!」（賓奇夾出售!!!）網頁連底色也沒有，看起來就像力圖電腦上打開準備寫報告的文字檔。最下方標明「賓奇夾」一個賣二十五分錢，然後有個從免費網站申請來的電子郵件住址與留言板。力圖沒有點進留言板，他怕看見留言數是零。

那個晚上，力圖想：「binky clip」，壓了三個長短母音韻腳，唸在嘴裡爽脆上口。力圖想，哈夫抓著頭，得意自己想出了這麼個好名字，哈夫一個人，坐在跟他一樣狹小悶熱的公寓裡，將鐵皮裁切成適當大小，凹成髮夾的形狀。要如何在對折處留下一個眼洞般的小空間，該抓怎麼樣的角度，哈夫試著將賓奇夾夾在冰箱上，夾在衣服上，賓奇夾掉了下來，哈夫撿起來調整彎折的形狀，再試一次，哈夫試了又試，試了又試，哈夫用立可拍拍下照片，哈夫在電腦前點擊滑鼠，放大網頁文字希望能抓住更多人的視線，哈夫翻閱圖書館裡借來的網頁製作入門，找到變換字型顏色處，給「賓奇夾」標題選了刺眼的亮紫色，哈夫想像網路無遠弗屆的力量，三日內會從美國各地湧入許多好事獵奇的人，也許還會有地方小報登門採訪。力圖想像哈夫想像自己忙不過來的樣子。

雖然有著過分旺盛的憐憫心，力圖仍然是個膽小的傢伙，總是戰戰兢兢地想東想西。小時候父親問他長大要做什麼，力圖說開雜貨店。為什麼？父親問他。力圖說，因為如果沒有人來買的話，至少自己也有東西可以吃。從此他的家人總是取笑他，說力圖怕餓死。某個程度上的確是如此，他童年從來不曾吵著養寵物，長大後則未想要結婚生子。除了自己之外，力圖沒有信心能養活任何一條生命。

在這個國家裡，有許多人喜歡將力圖的小心謹慎與好成績歸在他的膚色下。力圖認識許多黃皮膚的孩子相信自己比其他孩子都聰明，他們與他們的好頭腦就像他們與他們的星座一樣，是一種生下來就有的歸屬，只要相信就存在的關係，這想法與賽利卡一樣讓力圖感到彆扭。力圖傾向從一些生活上的習慣來確認他的膚色，比如說，他吃內臟；又比如說，他鮮少忤逆父母——儘管力圖的父母並未給他太大的壓力，他們只是鼓勵他聽從內心的父母——那個多慮的自己。

離家去上大學一開始誘惑很多。在確定安全的範圍內，力圖盡量去嘗試一些新的事物。不過，他知道自己要開車就絕不喝酒、做愛全程戴套、除了加了一點大麻的香菸之外什麼都不碰的習慣，在許多朋友眼中仍然是很低的沸點。力圖唸的是寫在履歷上幾乎與各種工作都能沾上一點邊的經濟系，車子油箱指針低於一半就馬上找機會加滿，他從來不穿印有惡趣味圖樣的T恤。

二十一歲生日時室友馬克送了力圖一件紅色T恤，上頭印有一隻吹頭翹起的吹風機，旁邊寫著「blow me」（吹我）兩字。力圖馬上了解到，馬克送他那件衣服不是要他穿，而是要賭他不敢穿。「你今天穿這件跟我們去CB酒館打撞球把妹，酒錢算我的，然後老子一滴酒都不喝給你當司機！」馬克說。力圖笑著罵了兩句髒話，那衣服很蠢。蠢又怎樣？把一群二十歲的年輕人關在一起，「又怎樣？」可以推倒所有的句號。「又怎樣？」是永恆的上一張骨牌，力圖則在別人說「你想太多」時回答：「又怎樣？」

那段日子也是力圖到目前為止對自己最不滿的時期。每天他都想挑戰自己習慣的底線，容量的底線。朋友的激將與同儕壓力只是不斷地提醒他，快過去了，最好的時機就快過去了。力圖五歲時的志願已經預告他二十五歲之後的光景，他能擁有的僅是脫軌的錯覺，即便是錯覺，也得趁現在。

二十一歲生日傍晚，力圖穿上那件紅T恤，下去一樓開車。賽利卡停在水泥洞裡，金色的夕陽從街上踏入，拂上車門邊隱去了。他伸手開門時聽見一個低沉聲音。「五塊錢。」「五塊錢我就吹你。」那聲音說。力圖嚇了一跳，才看見賽利卡車頭與水泥壁之間不到一步寬的地方，有個人貼著牆躺在地上。

是哈夫先認出他。他向力圖道歉。「這寶貝是你的？」哈夫撐起身子坐起來，摸摸賽利卡的車頭燈。他旁邊有好幾個大塑膠袋，裡頭似乎裝著各式各樣的東西。「嗯，」力圖說。「你還好嗎？」他問哈夫。三秒前這人正像具屍體一樣裹著一大塊布橫躺在他車頭前。「再好也不過。」哈夫說。

夏天城市吹海風，陽光直射處勉強不冷，力圖站的地方與哈夫半躺著的地方沒有太陽。哈夫說的那句話在水泥洞裡衝撞擺盪，像一隻裝在玻璃罐裡的蜜蜂。「五塊錢我就吹你。」「五塊錢我就吹你。」力圖四肢僵硬，面紅耳赤。T恤上的「吹我」兩字像兩塊灼熱的烙鐵在他胸前發出滋滋的聲音，無論他以為穿上這件衣服能讓自己變成什麼樣的人，那句回答又將他徹底扒光了。力圖很快做出決定。「嘿，這個，」他唰一聲脫下那件紅色T恤，打開車門拿出後座的格子襯衫套上。「請收下，」力圖把T恤丟給哈夫，本想說「跟你交換上次的賓奇夾」，但是他發現哈夫一點都沒有推辭的意思，便打住沒再說下去。

「謝啦，老兄。」哈夫說。

哈夫睡在賽利卡車頭與水泥牆之間的縫隙裡。白天他通常不在，比較重要的家當他會帶在身邊，有時力圖看見車子旁邊有幾包圓鼓鼓的塑膠袋，便把它踢進角落一點，免得叫房東發現。哈夫的睡袋是火一樣的亮紅色，他面牆睡，紅睡袋在賽利卡熄火前的大燈下很醒目。「很漂亮的睡袋。」力圖說。哈夫很高興地告訴他那是他用生意——他想哈夫指的是賣賓奇夾——第一筆進帳買的，「網站花了我許多錢，」哈夫說：「不過我給自己弄了個好貨，她很酷吧？」他拍拍睡袋：「跟你的小妞一樣。」哈夫指的是賽利卡。力圖不知道要如何告訴他「小妞不是我的」。

水泥洞裡本來有支微弱的日光燈，哈夫出現後便壞了，力圖如果過了午夜才回到公寓，會在轉進水泥洞前先將車頭燈關掉。偶爾他出去買晚餐會多帶兩個一塊錢的漢堡，有什麼打算丟棄的東西也先在車庫角落放個幾天。哈夫不一定每晚都出現，有時他消失好幾個禮拜，力圖想像他發冷生病，甚至想像他在城市角落無聲無息閉著眼睛死去，但哈夫總是再出現，身上的衣服換了，髒了或乾淨了。鬍子長了，頭髮短了或長了。力圖猜他還有別的據點，白日的去處，塑膠袋裡來去的每樣東西都得有個故事。有一次力圖在轉進水泥洞的瞬間看見地上有個黑箱子。「那是小提琴嗎？」他問。「沒錯，一把小提琴。」哈夫說：「今天我很幸運。」「你要怎麼處理它？」力圖問。「我有個住在富騰街上的朋友曾是小提琴手，也許他願意教我。」哈夫說。有一次哈夫帶回一個人，他們倆坐在水泥牆邊，手上拿著看起來像是裝熱湯的外帶餐盒。「嗨，老兄，」哈夫說：「今天真冷。」

「近來如何？」力圖關上車門時對著車前的暗影說。「不能再好了。」哈夫回答。他們的對話永遠停在那裡。有一回力圖打開電腦輸入「賓奇夾」

網站的網址，網頁仍在。他還是沒去瀏覽網站的留言板。冬天來了，夏天來了。

丟掉賽利卡的那個下午，力圖坐在郊區房子的客廳想起哈夫，他腦中出現的影像是一個坐在自宅客廳裡的男子。力圖大學最後一個學期開學之前，哈夫向他道別。「對了，有件事，」哈夫的聲音：「我要結婚了。」力圖以為他在開玩笑。「什麼？」

——是的。

水泥洞裡，力圖摸黑對著車門按了遙控鎖。

——她是個好女孩。有份正當工作。她要我搬去跟她一起住。組個家庭。也許生幾個小孩。也許我也去找份工作。

——你確定？

——是。

——為什麼？

——為什麼不？

力圖還想接下去，卻想不出一句可以對上的話。他想問的是一百次的「你確定？」最後他只匆匆說了「祝你好運」便逃上樓去。

哈夫自那條縫隙消失，剩下一個「說要去結婚的流浪漢」，偶爾在力圖與朋友聊到城市街巷異聞時出現一下，沒多久，連那個流浪漢也消失了。

力圖從大學畢業，在鄰近市區的銀行信用卡業務部找到工作，在郊區找到喜歡的房子，向父母借錢付了頭期款，開始通勤上下班。他平日工作認真，週末跟朋友上上館子與小酒吧，馬克也開始做一樣的事，通勤，買房，買車。他們都對自己感覺良好，力圖的感覺特別好，因為最好的時機已經過去了。

那個下午他從客廳裡站起來，走到電腦桌前，輸入賓奇夾網站的網址，視窗開始尋找網頁。力圖在心裡默念拜託，不知道自己希望看見什麼。最後螢幕告訴他：「此網頁已不存在」。哈夫也通勤，上班，下班，坐在客廳裡，週末喝酒嗎？然後力圖的想像停在那兒，像螢幕上那幾行不動的字。他突然感到一股強烈的怒意，首先他生氣自己竟然在時速十五的狀況下把賽利卡撞壞了！接下來他開始生氣他記得母親把平安符交給他時的細節；他生氣當初沒有將凱西的軟糖吃完，告訴她他多想為她瘋狂一次；他生氣他忘記將照後鏡上的東西拆下來，卻帶走了面紙盒；他生氣自己現在也必須買車了！力圖抓起鑰匙，氣沖沖地出門開車回廢車場。

賽利卡仍在烈日底下，看起來跟兩個小時前沒有兩樣，車門大開，像一雙翅膀。然而力圖遠遠便知道照後鏡上已空無一物。他轉身走進入口旁邊的小屋。「如何？」老闆問他：「你找到你要找的東西了嗎？」

「我找不到。」力圖說。

「多可惜。」

力圖看見老闆腳邊的垃圾桶裡有塊黑色的東西，很像凱西的軟糖，但他不確定。

「也許我搞錯了。」他說。

力圖坐回租來的車裡。在門窗緊閉的車廂內，他敲打方向盤，踢油門與煞車，吼了一些髒話。廢車場老闆推開紗門走出來查看，力圖驅車離開。

不久之後，力圖換了一家銀行，一樣的職位，一樣的郊區房子，更長的通勤時間。唯一不同的是他往南移了六百公里，回到七年前與賽利卡一同出發的地方。力圖的母親很高興終於又可以時常看見兒子，每天中午力圖與同事從公司出來，穿過兩個街區去用午餐，回程時固定拐彎去老羅伊店裡帶一杯咖啡。

哈夫就躺在老羅伊店外二十公尺的人行道上。「她不在了。」力圖告訴哈夫：「幾年前我們出了車禍。」

走在前頭的同事們停下來，站在離他們五步遠的地方看。後方是老羅伊店旁那排建築物牆上細節誇張的彩色塗鴉——表情痛苦的淚血聖母，四肢捲曲如蕨類的人們，公路向上開進了天裡——牆上的風景凝而豔：路比腳下灰，天比抬頭藍，滴落的鮮血比睡袋與跑車還亮。

「多可惜，嘖，」哈夫仰頭說：「多可惜。」

細碎的事像小針一樣扎著力圖胸口。力圖想，哈夫也往南移了六百公里，也許不止。一定不止，他還結過婚，有過孩子。如果沒有，那他也背了信言，或編了故事。他想問哈夫是怎麼來的。他有許多問題，然而他不必問。此刻他覺得自己可以將所有暗中的過程塗滿一張紙，用那張紙將哈夫整個人包起來，像一塊巨大的布，送往任何地方。

後記

我大學時翻閱愛德華・哈波（Edward Hopper, 1882-1967）的畫冊，第一次見到「chop suey」一詞。在他一九二九年的同名畫作裡，一張靠窗的兩人餐桌，臉似涼粉白糕綴櫻桃的女士面對一個穿著茄色外套的女性背影，彷彿專心聽對方說話。光線從挑高的玻璃窗踏入，慘白桌巾上一管小陶壺，餐館外牆突出的大型直立霓虹招牌，給窗框截出了「suey」的部分。我查了牛津英語詞典，chop suey——音譯「雜碎」，以肉、豆芽、筍片與洋蔥混炒而成的中國菜。

當時我在台灣過了二十一年，從沒聽過「雜碎」；接著到美國過了九年，還是沒見過「雜碎」。

「chop suey」這道菜原是十九世紀末西方人的創造，據聞二十世紀初美國東西岸大城市「雜碎館」林立，光紐約就有數百間，後「雜碎」才傳回說華語的人嘴裡，附上翻譯與解釋（「然其所謂雜碎者，烹飪殊劣，中國人從無就食者。」——梁啟超《新大陸遊記》，一九〇三）。輾轉百年，美國的雜碎館被各式中餐館取代，今日菜單上有「豬／雞／牛／豆腐（任選一）炒蔬菜」，沒有「雜碎」。

若詞典是小說，「chop suey雜碎」便是不折不扣的悲劇人物。一個唸起來那樣粗野可親的名字（「雜碎」），對上一盤想像起來那麼不講究卻又那麼可能出現在我家餐桌上的菜餚（炒肉、豆芽、筍片與洋蔥），尷尬繞了大半圈下來兩頭不靠岸，最後只得沉入哈波的油畫，錢德勒的小說，和需要方便文化符號的西方電影中。

二〇〇五年到二〇〇六年我寫下《小碎肉末》一書裡的十個短篇，同一段時間內也重讀、修改與重寫這些作品，完稿後因出版問題而擱下，到了今年（二〇〇八）我又重讀這些小說，在其中一篇檔案的尾巴，讀到當時另寫的一段文字：

我盯著一個娃娃屋瞧，路過的人以為我探頭探腦為的是那些可以放在手心裡的小椅子，小電扇與小馬桶。我試著告訴他們：不，讓我著迷的是那個椅子與電扇之間形成的走道，洗手檯底的凹處，馬桶水箱下方靠牆的空間……但我用手指啊指的，說不出個所以然來。那些地方，那些罅隙，只有在東西擺對位置的時候才會出現；只有在灰姑娘一天的苦難結束，躲進去哭泣的時候，才會發亮；只有在不問灰姑娘家裡怎麼可能出現抽水馬桶時，才會看見。

這娃娃屋的譬喻對寫作，在《小碎肉末》出版前夕看來仍算合用，特別是短篇小說。寫作者堆起一段小世界，語言作為一種接受與反應，在在承載著人最細微的算計、自忖、反叛與和解，儘管用手去指即變了形狀，能圖的總還有不說的默契，更貪心點——也許一扇能截出「碎」字的窗框。

新版之後

《小碎肉末》初版印於二〇〇八年六月。今日重新出版，文句無更動，唯小說排序編輯有所調整。成書有兩處改變：一是將小說裡的台語修訂為臺灣台語常用字，並在我認為需要的地方標注對應的華語譯文。二是新增小說〈吞一顆硬糖〉，這篇小說寫於二〇〇六年，與書裡收錄短篇屬同一時期（二〇〇五—二〇〇六）作品。

謝謝自轉星球社長俊隆、編輯彥如與美術設計佳璘，能與強大團隊合作是我的幸運。謝謝這本書的初版編輯，洪範書店的葉雲平，你的品味是我的明燈，無論小說或酒。

永遠謝謝我的家人與朋友。

小碎肉末

BackLit | 03

作者——李佳穎

發行人、總編輯——黃俊隆
編輯——施彥如
裝幀設計——吳佳璘
台文審訂——蔡惠名
校對——李佳穎、黃俊隆、施彥如

出版者——自轉星球文化創意事業有限公司
台北市文山區木柵路四段147-1號6樓
T. 02-87321629 | M. rstarbook@gmail.com
發行統籌——華品文創出版股份有限公司 | T. 02-23317103
總經銷——大和書報圖書股份有限公司 | T. 02-89902588
印刷——沐春行銷創意有限公司 | T. 02-22226570
法律顧問——益思科技法律事務所 | T. 02-27723152

ISBN——978-626-99737-1-2
定價——380元
初版一刷——2025年6月

小碎肉末 / 李佳穎文字 —初版 · — 臺北市：自轉星球，2025.6 · 面；13×19 公分
（BackLit ; 03）ISBN 978-626-99737-1-2（平裝） 863.57……114006290